Stacy & Cody

Heike Hofmann

Das Buch:

Die junge Stacy schenkt sich selbst, zu ihrem Geburtstag, eine Reise. Sie ahnte nicht, welche Wendung diese Reise für sie nehmen sollte.Ein Mann tritt in ihr Leben und wirbelt es mächtig durcheinander. Doch dann verschwindet er urplötzlich wieder von der Bildfläche. ... Für die Österreicherin, beginnt nach dieser Reise, ein komplett "Neues" Leben.

Der Autor:

Eine Hobby-Autorin, die es liebt Kurz-Romane zu schreiben, um so den Menschen, wie sie selbst auch dazu gehört, die Pausen zu verkürzen und vor allem, den Roman in der Pause fertig lesen zu können.

Ich widme diesen Roman meiner besten
Freundin, Lisi.

Ich wurde von ihr inspiriert, als sie im Krankenhaus lag und ich ihr jeden Tag einen kleinen Absatz geschrieben habe, um ihr den
Aufenthalt etwas zu verkürzen.

Meine Freundin, brachte mich darauf, den
Roman, den ich für sie geschrieben habe zu
veröffentlichen. So habe ich mich hingesetzt
ihn überarbeitet, sodass ich ihn ihr zu ihrem
Geburtstag, als fertigen Band überreichen
kann.

Ich bedanke mich bei Pixabay, für die vielen
Bildern, die man verwenden darf!

Bei:
Bild von Tumisu
Bild von Anja

Herzlichen Dank!

Stacy & Cody

Ein Traumpaar findet zusammen

von

Heike Hofmann

1. Edition, 2022
© 2022 Heike Hofmann All rights reserved.
TWENTYSIX
Eine Marke der Books on Demand GmbH
Herstellung und Verlag: BoD – Books on
Demand, Norderstedt
ISBN: 9783740706715

Heike Hofmann

Inhaltsverzeichnis

Kapitel 1

Die junge Stacy, schenkte sich zu ihrem zwanzigsten Geburtstag selbst eine Reise, DIESE REISE! Happy schlenderte die zierliche Österreicherin, mit ihrem Hund Bella, durch den weichen Sand von Hawaii. Sie konnte es kaum fassen! Ihr Traum hatte sich erfüllt, war das alles real? Seit fünf Jahren träumte sie Nacht für Nacht von dem blauen Wasser und dem weißen Strand von Hawaii und nun brannte die heiße Sonne auf sie herab. Sie nahm all ihren Mut zusammen, stieg in den Flieger, und folgte ihrem langersehnten Traum, einmal am Strand von Hawaii entlang zu spazieren.

Barfuß lief sie mit ihrem Hund Bella, durch den heißen Sand. Sie atmete tief durch und sah sich alles, rund um sie herum, mit weit geöffneten Augen an. Der Sand fühlte sich sehr weich an, er war weiß und schimmerte Silber. Sie kniff sich, um festzustellen, dass sie nicht träumte. Es war faszinierend! Das Wasser war extrem klar, der Blick reichte bis zum Grund herab. Sie sah einen Seestern und war hin und weg. Bisher kannte sie Seesterne nur aus dem Fernsehen. Nicht einmal in ihren Träumen, war Hawaii dermaßen imponierend, wie das Hier und Jetzt! Stacy drehte sich immer und immer wieder im Kreis. Sie strahlte, tanzte und lachte vor Glück. Sie nahm die Menschen, die an ihr vorbeigingen nicht wahr! Es gab einzig SIE, Bella und diese malerische Insel. Das einige Leute stehen blieben und ihr lachend hinterherschauten und andere verständnislos ihren Kopf schüttelten, weil sie so hemmungslos mit ihrem Hund herumtanzte, war ihr egal, sie war glücklich und das zeigte sie.

Stacy bückte sich und hob einen Stecken, über den sie gestolpert ist, auf.

„Bella pass auf.", mit gestrecktem Zeigefinger forderte, Stacy, Bella auf, wachsam zu sein. Mit viel Schwung flog der Stock, in hohem Bogen, in das blau schimmernde Wasser. Die Hündin wartete nicht auf Stacys Kommando, mit einem Satz sprang sie in die Wellen, ... Stacy sah ihrem Rottweiler-Mischling lächelnd hinterher. Sie wusste, wenn ihr Hund erst einmal im Wasser war, kam sie so schnell nicht wieder. Vergnügt ließ sie sich in den warmen Sand sinken und formte, mit ihren Armen und Beinen schwingend, einen Sandengel. Ihr Blick war zum Himmel gerichtet, er war glasklar! Möwen kreisten, kreischend über ihr herum. Sie setzte sich auf und stützte sich mit ihren Armen hinter sich ab, dann atmete sie tief ein und aus, es war, als könne sie das Meer schmecken.

Bella hatte eine kleine Freundin gefunden, ein Mädchen, das ihren Stecken, den ihr die Hündin vor die Füße legte, immer wieder zurück ins Wasser warf. Sie lachte und klatschte, wenn der Hund in die Wellen sprang und das Stöckchen zu ihr brachte.

Stacys Blick wanderte zu einer Klippe, die genau gegenüber von ihr lag. Ihr Atem stockte, als sie die Silhouette eines Mannes sah. Er war muskulös und braun gebrannt, sein Gesicht war nicht zu erkennen, aber das spielte keine Rolle! In ihrer Fantasie sah er gut aus! Sie nahm ihre Sonnenbrille ab und kaute nervös auf den Bügeln herum. ~ er hat nicht ernsthaft vor, da runter zu springen? ~ dachte sie sich. Doch! Mit einem Satz sprang er, kopfüber ins Wasser. Stacy hielt die Luft an! „Pass auf" schrie sie erschrocken auf. Besorgt schlug sie ihre Hände vors Gesicht. Der Mann war verschwunden! ..., ihr Blick suchte das Meer ab ... er war nirgends zu sehen! Ihr Herz raste Wild. ... mit einem Satz sprang sie hoch und hielt eine Hand über ihre Augen, um nicht von der Sonne geblendet zu werden. „Das Wasser ist so klar, ich müsste dich doch sehen, wo bist du nur du Dummkopf? Warum springst du da runter?", murmelte sie vor sich her. Bella riss sie aus ihren Gedanken, weil sie sich direkt neben ihr ausschüttelte. „Uh Bella, das ist kalt!" - Stacy zog eine Grimasse und schaute, zu ihrer treuen Weggefährtin. Sie sah so süß aus, mit ihrem Dackelblick! „Hallo Mädchen, da bist du ja wieder. Na wars schön im Wasser? – sie streichelte ihren Hund liebevoll - ja ich weiß, du bist mein gutes Mädchen." Bella wedelte mit ihrer Rute, die schlaue Rottweiler-Mischlingshündin, verstand jedes Wort! „Komm Süße, wir gehen mal zu der Klippe da vorn." Bella antwortete mit einem dumpfen Wau.

Der Klippenspringer ging Stacy nicht aus dem Kopf! Es ließ ihr keine Ruhe, sie war fest entschlossen herauszufinden, wo er abgeblieben war. Stacy drehte sich herum, um loszustapfen, doch sie kam nicht weit! Ein dunkelhäutiger Mann, stellte sich ihr in den Weg. „Hey, kaufst du Handtuch, hab ich auch Uhr oder Sonnenbrille weißt du, steht dir voll krass, guckst du?!", sprach er sie, mit seinem Dialekt, in gebrochenem Deutsch an. Stacy schüttelte verängstigt ihren Kopf. „Nein Danke, ich brauche nichts!" Hilfesuchend schaute sie Bella an. „Hey, ich habe nix Angst von deinem Hund, verstehst du, du kaufe was, ich gehe, sonst …." „**Sonst was**?," ertönte eine extrem männliche Stimme hinter Stacy. Der rettende Engel, warf Stacy ein Blinzeln zu, ehe er sich wieder an den aufdringlichen Strandverkäufer wandte. „Du packst jetzt deinen Kram zusammen und machst die Fliege, sonst wirst du mich kennenlernen, mein Freund!", der Blick des Mannes, der wie aus dem nichts aufgetaucht war, ließ keine Gegenworte zu! Der Verkäufer schmiss ihm, einen verachtenden Blick zu und lief weg.

Stacy schaute dankend zu ihrem Retter, in Not, auf. Verlegen senkte sie zwar ihren Kopf, aber ihre Augen hielt sie auf ihn gerichtet. Schüchtern schaute sie ihn, von unten heraus an. Genierlich drehte sie sich, schaukelnd, von der einen zur anderen Seite. Dann lächelte sie ihn liebreizend an. Es war um sie geschehen, es hatte keinen Sinn, es zu leugnen, das war ihr sofort klar! Der gut aussehende Mann streckte seine Hand aus und stellte sich vor. „Hallo schöne Frau! – er lächelte sie an. – Mein Name ist Cody, du bist mir ins Auge gesprungen, als ich vorhin auf der Klippe gestanden war ..., ich konnte nicht anders ..., - er begann ein wenig zu stottern. - Ich musste zu dir kommen...“

„Warum? Tuts weh?,“ fragte Stacy, sie fing herzlich an zu lachen.

Cody sah sie verwirrt an. Sie hatte ihn in ihren Bann gezogen, was war das? Es war wie Magie! „Was tut weh?,“ - fragte er fast beschämt nach – er zog seine Stirn runzelnd zusammen.

„Na als ich dir ins Auge gesprungen bin. Soll ich nachsehen, ob ich noch drin bin?“ Nun hatte auch er, den Witz verstanden. Beide lachten erheitert! Die Chemie stimmte, das Eis war gebrochen.

Nachdem sie sich wieder gefangen hatten, stellte auch sie sich vor. „Mein Name ist Stacy und das ist Bella.“

„Stacy ..., ein sehr schöner Name ...! – er war von Stacys Antlitz verzaubert! Berauscht von ihr, schaute er ihr, in die Augen, ohne ihre Hand loszulassen–. Möchtest du etwas mit mir trinken gehen? - stotterte er- oder hast du schon andere Pläne?“

Stacy sah Cody in seine strahlend blauen Augen, ihr war sofort klar, das ist mein Mann!, den gebe ich nie mehr her! Sie nahm seine Hand und antwortete in weichem aber bestimmten Ton auf seine Frage. „An jedem Tag!“ Sie schauten sich tief in die Augen ... ohne dass irgendwer was sagte.

Cody hielt Stacys kleine zarte Hand, fest umschlossen. Er sah sie verdutzt aber bewundernd an. Ein lächeln konnte und wollte er sich nicht verkneifen. ... Was war das nur für eine bemerkenswerte Frau, die einfach so seine Hand nahm und ihn dastehen ließ, als wäre er der tollste Mann auf Erden?

Kapitel 2

Cody führte Stacy an einen Platz, der umgeben von Palmen und exotischen Blumen war. „Boah, So etwas Schönes hab ich noch nie gesehen, danke Cody!", sie sah ihm, tief in seine Augen. Cody sah das Glitzern in ihren. Er fühlte sich, als hätte er diesen Platz extra für sie hergerichtet, dabei war er ebenso zum ersten Mal hier. Was war das für eine tolle Frau?, sie hob ihn regelrecht in den Himmel! Warum musste er erst zwölftausendfünfhundert Kilometer von zu Hause weg sein, um seiner Traumfrau zu begegnen? Gerührt schlang er seine Arme, um Stacys zierliche Hüften, er hob sie in die Höhe und drehte sich im Kreis. Stacy stütze sich auf seinen Schultern ab und lachte ausgelassen. „Bitteschön, schöne Frau! Jeder Tag in deinem Leben soll etwas ganz Besonderes sein! Ich will, dass deine Augen dein ganzes Leben lang genauso strahlen wie in diesem Augenblick!", antwortete er. Sein Blick blieb an ihr heften, er hielt kurz inne, bevor er sinnlich weitersprach. „Ich habe dich gesehen, als ich oben auf der Klippe stand und mir war auf Anhieb klar, ich muss dich kennenlernen! Dann stand ich dir gegenüber und du hast mich so schüchtern von unten heraus angelächelt. - Er lächelte sie etwas verlegen an. - In diesem Augenblick wurde mir klar, dass du die Frau bist, der mein Herz gehört! Glaubst du an Liebe auf den ersten Blick? Ich bisher nicht, aber jetzt schon!" – langsam ließ er sie hinab auf ihre Füße gleiten. Zu gerne würde er sie küssen, doch das wäre zu dreist fand er. Er befand sich in einem Rauschzustand, sein Körper bebte, er war froh, dass sie das nicht sehen konnte. Stacy nahm seinen Atem auf ihrer Stirn wahr ..., in ihr prickelte es heftig. Wie gerne würde sie jetzt, seine Lippen auf ihren spüren ...?!

Cody schlang seinen Arm, um Stacys Hüfte. Er musste aus diesem prekären Zustand heraus, sonst würde er verrückt werden! Er zog sie eng zu sich heran und führte sie weiter, den hawaiischen Strand entlang, hin zu einem Tanzcafé. Kaum hatten sie sich hingesetzt, spielte die Musikkapelle, „an Angel." Cody nahm Stacys Hand. „Gnädige Frau, darf ich um diesen Tanz bitten?" Stacy schaute ihn verlegen an, „ich kann nicht Tanzen" sprach sie beschämt, mit gesenktem Kopf. Der verliebte Mann, schob zärtlich seinen Zeigefinger, unter ihr Kinn, sodass sie ihn ansah. Mit sanften Worten antwortete er: „In meinen Armen wirst du wie ein Engel schweben, vertrau mir

Baby." Stacy lächelte ihn an. Sie sagte nichts, ihr nicken reichte völlig aus. Eng umschlungen gab Cody ihr den Rhythmus vor, sie fühlte sich wie eine Prinzessin im siebten Himmel. Erleichtert schmiegte sie ihren Kopf an seine Brust und schloss ihre Augen. Sein Herz schlug laut und schnell. Einen Augenblick lang, wusste sie nicht, ob sie wach war oder träumte, was war, wenn die Musik aufhört zu spielen und sie ihre Augen öffnet, war Cody dann noch bei ihr? Es fühlte sich alles zu perfekt an! Von so einem Moment hatte sie immer geträumt, deshalb konnte es unmöglich real sein. Eine riesige Angst überkam sie! Was war, wenn sie doch nur träumte? Stacy biss Cody, leicht, in seine Brust. „Aua! Was war das?", fragte er sie ein wenig verdutzt. Stacy sah ihn erschrocken an und kaute auf ihrer Unterlippe. Sie lachte erleichtert auf und erklärte sich: „Entschuldigung Cody! - sie lachte wieder – ich wusste nicht, ob ich träume, deshalb musste ich mich vergewissern." „Und dann beißt du mich?", fragte er grübelnd, lächelnd nach. Cody umschlang die zierliche Frau fest, sodass sie spürte, dass sie nicht träumte. Sie tanzten weiter, obwohl die Musik schon längst aufgehört hatte zu spielen, ohne dass sie es merkten. Sie schwebten beide auf Wolke sieben, es gab nur sie beide ...!

Bella winselte und holte Stacy in die Realität zurück. „Oh, die Musik hat aufgehört, ich hab das gar nicht gemerkt, wir sind die Einzigen, die noch auf der

Tanzfläche sind.", sie errötete leicht. Cody lachte hell auf. „Ist mir egal! Jeder kann sehen, wie glücklich ich bin!", er liebkoste liebevoll ihre Wange und führte sie zurück an den Tisch, wo Bella wedelnd auf sie wartete. Cody kniete sich nieder zu dem verschmusten Rottweiler-Mischling. Er streichelte sie und flüsterte ihr ein Geheimnis ins Ohr, noch nicht einmal Stacy erfuhr, was er ihrem Hund anvertraut hatte. „Hey was munkelst du mit meiner besten Freundin?, ihr kennt euch kaum eine Minute, schon verbündet ihr euch gegen mich, kann das sein?", „Netter Versuch, meine Schöne! Von mir erfährst du nichts!", er blinzelte ihr flirtend zu. „Wie schauts aus Stacy, wollen wir was essen? Ich habe einen Mordshunger." „Ja unbedingt, ich sterbe vor Hunger!"

Cody und Stacy waren, nachdem sie ihre Grillplatte und zum Nachtisch ein Eis „heiße Liebe" verspeist hatten, so in ihr Gespräch vertieft, dass sie sogar den Sonnenuntergang verpassten. Sie tranken Rotwein und merkten nicht, wie die Zeit verging. Erst als die Durchsage ertönte: „Liebe Gäste, wir hoffen, sie hatten alle einen schönen Tag. Wir freuen uns, wenn es ihnen bei uns gefallen hat, und wünschen ihnen weiterhin einen angenehmen Abend. Wir bitten sie um Verständnis, dass wir unsere Strandbar für heute schließen. Morgen dürfen sie sich auf die Gruppe ACDC freuen. Bis dahin, gute Nacht."

Stacy schaute auf die Uhr. „Boah, schon 2 Uhr, ich hab gar nicht gemerkt, wie die Zeit vergangen ist, Cody." „Ja, geht mir genauso! Was hältst du davon, wenn wir morgen da weitermachen, wo wir heute aufhören?" „Das würde mich sehr freuen! Auf die Gruppe freue ich mich schon, ich liebe ACDC.", sie zwinkerte Cody zu. „Super, ich auch! Dann haben wir ein Date. Ich freu mich jetzt schon drauf." Cody brachte Stacy zu ihrem Hotel, als er ihr zum Abschied die Hand reichen wollte, schüttelte Stacy den Kopf und sprach: „Wenn du mich jetzt nicht sofort küsst, muss ich denken, das ich dir nicht gefalle." Stacy hatte noch nicht ausgesprochen, da zog Cody sie mit einem Ruck in seine Arme und küsste sie so leidenschaftlich, dass sie am ganzen Körper vibrierte. Stacy taumelte danach, wie in Trance in ihr Zimmer, sie fiel ins Bett und träumte von ihrem Traummann.

Heike Hofmann

Kapitel 3

Es ist 6:30 Uhr. Stacy war zu aufgewühlt, um länger zu schlafen. Sie raffte sich auf und ging immer noch auf Wolke 7 schwebend, ins Badezimmer. Nachdem sie frisch geduscht in ihr Outfit geschlüpft war, schnappte sie sich ihren Hund und öffnete die Tür. Was sie da sah, zauberte ihr ein breites Grinsen ins Gesicht. Cody schlich den Gang auf und ab. „Cody? Was machst du denn hier? Konntest du nicht mehr schlafen?" Cody blieb abrupt stehen, langsam drehte er sich um. Stacy hatte ihn ertappt. „Guten Morgen" verlegen erklärte er sich. „Schuldig! Du bist mir nicht mehr aus dem Kopf gegangen! Ich konnte es nicht abwarten, dich endlich wieder zu sehen, aber ich hatte nicht das Herz zu klopfen. ... Nicht dass du denkst, ich wäre ein Stalker. Außerdem wusste ich nicht, ob du noch schläfst, und wecken wollte ich dich auch nicht.", er senkte seinen Kopf, steckte seine Hände in die Hosentasche und trippelte nervös vor sich her, wie ein kleiner Junge, der gerade etwas angestellt hat.

Spitzbübisch schauten seine Augen hoch zu Stacy, ohne den Kopf zu heben. Stacy musste lachen. Cody stellte sich aufrecht hin und fragte: „Du bist also nicht böse? Hältst mich nicht für einen Stalker?", er öffnete seine Arme und wartete darauf, dass er sie darin einschließen konnte. Stacy lächelte ihn verliebt an, zu gerne nahm sie, seine Einladung an. Sie schmiegte sich an ihn und erwiderte: „Nö! Du bist süß" sie stellte sich auf die Zehenspitzen und gab ihm einen Kuss. Als sie von ihm ablassen wollte, drückte er sie fest an sich und küsste sie so leidenschaftlich, als wolle er sie fressen. Nachdem sie sich voneinander gelöst hatten, fragte er mit hochgezogenen Brauen: „Ich bin süß hm? Ich bin doch keine Katze." „Nö, aber ein Bär!" Sie streckte ihm neckisch die Zunge raus. Er lächelte sie an, nahm ihre Hand und sagte: „Komm, gehen wir mit Bella spazieren, ich begleite dich, dein ‚Bär' wird dich vor den Gefahren in der gefährlichen Welt beschützen!" „Das wollte ich hören. Codyli?,..." „Hm?" Hand in Hand spazierten die beiden mit Bella am Strand entlang. Sie unterhielten sich angeregt. Stacy brannte eine ganz bestimmte Frage auf der Zunge:

„Wir haben gestern so viel geredet, aber nicht darüber, wie lange du noch hier bist und ... was ist nach unserem Urlaub ...? Woher kommst du? Wo wohnst du?" – „Stimmt, ich bin noch 10 Tage hier..." - „ich auch" - „und ich wohne in Österreich" - „ich auch!", fiel sie ihm strahlend vor Glück, ins Wort. Er war sich nicht sicher, ob er sich verhört hatte, während er langsam weitersprach, beobachtete er sie ganz genau. „Ich wohne in Schärding, das ist in Oberösterreich. Aber ganz egal wie weit entfernt wir voneinander wohnen, wir werden zusammen sein, das verspreche ich dir jetzt und hier, hoch und heilig." Er hob seine Hand zum Schwur. „Jetzt bin ich beruhigt! Ich wohne in Vorarlberg" veräppelte sie ihn kurz, aber fügte gleich hinzu. „Nein Spaß, wir wohnen ganz nah beieinander, ich wohne in Sankt Florian am Inn." Cody hielt an, er drehte Stacy zu sich, hob sie in die Höhe und drehte sich freudig mit ihr im Kreis. Die junge Frau war überwältigt! Sie lachten und waren erleichtert darüber, so viel Glück zu haben. Bella bellte und sprang um die beiden herum, sie freute sich ebenfalls, sie hatte Cody akzeptiert! Stacy und Cody hatten einen Drehwurm, der übermütige Mann, ließ seine Cinderella herab, sie torkelten wie zwei Betrunkene umher. Stacy zog Cody an seiner Hand. „Komm auf, los gehts, wer zuerst da vorne an der Fahne ist, hat gewonnen." Sie hatte kaum ausgesprochen, schon lief sie los. „Hey, das gilt nicht!, warte ich krieg dich" protestierte Cody und folgte ihr. Bella schnappte ihren Stecken und jagte den beiden hinterher. „Gewonnen!", rief Stacy und schwang sich leicht wie eine Feder, um den Fahnenmast. Cody kam japsend an „buh, du bist aber fit". Er ließ sich atemlos in den Sand fallen. Stacy lachte „was ist denn mit dir los? Du hast ja überhaupt keine Kondition, das hätte ich nicht gedacht." Cody schüttelte nur den Kopf und hechelte nach Luft. „Na mal sehen, was es braucht, um dich wieder aufzubauen". Sie umschlang die Fahnenstange und begann zu tanzen. Sie schlang ein Bein um die Stange und drehte sich erotisch um die eigene Achse. Den Arm streckte sie weit aus, sodass sie ihren Oberkörper, provokativ präsentieren konnte. Sie ließ ihren Kopf zurückfallen und schaute Cody kopfüber an. Cody schleckte mit seiner Zunge über seine Lippen, war sich Stacy darüber im Klaren, was sie anstellte? Cody versuchte seine Erregung vor ihr zu verbergen, indem er sich hinsetzte. „Okay, okay, ich bin voll und ganz wiederhergestellt, aber wenn du jetzt nicht aufhörst, verliere ich meinen Verstand! Glaube mir, das wäre nicht gut! Nicht jetzt und schon gar nicht hier." Stacy verstand den Wink mit dem Zaunpfahl! Lächelnd ließ sie sich neben ihn sinken. Sie beugte sich zu ihm, er streichelte ihre Wange und sie küssten sich zärtlich. Gemeinsam legten sie sich zurück in den weichen Sand, ohne aufzuhören, sich zu küssen. Cody drehte sich auf den Rücken und zog Stacy, schwungvoll auf sich. Stacy spürte seine Erregung, leis'stöhnte sie auf. Mit voller Leidenschaft küsste sie ihn, es fiel beiden schwer, die Beherrschung zu behalten! Gott sei Dank, kam Bella in diesem Augenblick! Sie war im Wasser und schüttelte, sich direkt neben ihnen aus. Das kalte Nass, ließ Stacy, laut aufschreien! Cody lachte herzlich, dadurch das er unten lag, blieb er von der kalten Brise verschont.

„Wie gut das Bella dabei ist, das hätte peinlich werden können". Flüsterte Stacy, Cody mit rotem Kopf zu. Sie erhoben sich und strichen den Sand ab, Cody antwortete mit einem knappen „Ja" und wechselte das Thema. „Wie groß ist die Chance, dass sich zwei Österreicher in Hawaii treffen und außerdem im gleichen Bezirk wohnen? Ist das Zufall oder Schicksal?" „Ich glaube nicht an Zufälle!" „Nicht? Warum?" „Es gibt eben keine Zufälle!", antwortete sie knapp. „Wie nennst du das dann, dass wir uns hier auf Hawaii trafen und noch dazu, zuhause, im gleichen Bezirk wohnen?" „Schicksal!" „hm". Cody ließ das Gespräch so im Raum stehen, zu gut wusste er, dass man bei einer Diskussion mit einer Frau, nicht gewinnen kann. Er wechselte das Thema, sie sprachen darüber, wielange sie zusammen Zeit auf Hawaii verbringen konnte. Es stellte sich heraus, dass sie am gleichen Tag, zur selben Zeit im Flieger zurück nach Hause, saßen. „Das ist das schönste Geburtstagsgeschenk, das man bekommen kann.", nuschelte Stacy vor sich her. „Geburtstagsgeschenk? Was meinst du? Hast du Geburtstag?", fragte Cody Grellhörig nach. „Ja, ich habe mir zum Geburtstag selbst eine Reise geschenkt, und du hast gestern mit mir hinein gefeiert." „du hast heute Geburtstag?" Fragte er nochmals nach, er wollte absolut sicher sein, dass er es korrekt verstanden hatte.

„Ja!, ich bin heute 20 Jahre geworden." Cody drehte Stacy, langsam zu sich um, er schloss sie in seine starken Arme, schaute ihr tief in ihre blauen, strahlende Augen und küsste sie absolut sanft und leidenschaftlich. Er hielt sie so fest, als hätte er Angst, sie würde ihm weglaufen. „herzlichen Glückwunsch zu deinem Geburtstag, meine süße! ich freue mich, dass dir mein Geschenk gefallen hat. Deshalb bin ich von der Klippe gesprungen, nur um mich, dir zu schenken. Jetzt bin ich dein, für immer!" „danke! Geschenkt ist geschenkt, wieder holen ist gestohlen, das weißt du gell? Du hast Glück, dass du bei mir gelandet bist! ..." „ach ja?" „ja! Meine Sachen werden gehegt und gepflegt und ich gebe nichts mehr her. Was mir gehört bleibt bei mir, für immer!" „Puh, da hab ich aber wirklich Glück gehabt!", er wischte sich scherzhaft über seine Stirn. „ja sag ich doch!" „komm lass uns mit Bella ins Wasser hüpfen, hast du Lust?", kam Cody, spontan die Idee. „was jetzt?", fragte Stacy, nicht überaus begeistert von der Idee, nach. „Ja warum nicht? Oder hast du schon was Besseres vor?" „Eigentlich schon..." „alles was du willst mein Herz, sag mir deinen Wunsch, ich erfülle ihn dir." „okay, ich habe Hunger, gehen wir erst gemütlich frühstücken?, danach ruhen wir uns gemeinsam, auf einer Decke, am Strand aus und wenn wir dann richtig aufgeheizt sind, springen wir ins Wasser." „hört sich gut an, bin dabei." Stacy zog ihre Brauen hoch, sah ihn reizend an

„ach bist du, ja?" „ja bin ich, sag ich doch." „Na geht doch" sie lachten herzlich und spazierten Arm in Arm zum Frühstücksbuffet.

- 21 -

Kapitel 4

Nachdem das frisch verliebte Paar, ausgiebig, gefrühstückt hatte, brachte Cody, Stacy zu ihrem Zimmer. Das Geburtstagskind wollte sich ein klein wenig herausputzen, um Cody zu gefallen, nicht, dass sie es nötig gehabt hätte ...! Cody kam das durchaus recht, jetzt da er wusste, dass seine Traumfrau Geburtstag hatte, war es ihm wichtig, für sie, eine Überraschung zu organisieren! Er hatte 30 Minuten Zeit, nicht viel, um kurzfristig etwas Berauschendes auf die Beine zu stellen, dann erwartete Stacy ihn wieder an ihrer Haustür. Cody verabschiedete sich gentlemanlike und hastete los.

Stacy zog sich einen knappen Bikini an, den sie sich für den richtigen Moment gekauft hatte, und der schien, wie sie sich dachte, genau jetzt zu sein! Sie überprüfte ihr Spiegelbild, zufrieden nickte sie sich zu. Sie warf sich noch ein lockeres Strandkleid über und sah zur Uhr. In diesem Moment klopfte es an der Tür. Cody, kam pünktlich auf die Minute, nichts anderes hätte sie von ihm erwartet. Sie ahnte nicht, wie viel Mühe es ihn kostete, um die vereinbarte Zeit einzuhalten. Er war über sich selbst erstaunt!

Stacy öffnete lächelnd die Tür, als sie den Blumenstrauß sah, der den Kopf des Überreichenden, komplett verdeckte, stockte ihr der Atem! Ein riesiger Strauß roter Rosen, schön hergerichtet, mit Schleierkraut und großen grünen Blättern. „Muss ich den jetzt noch lange halten? Mir fallen gleich die Arme ab, ich wusste nicht, wie schwer so Grünzeug sein kann. Alles Liebe zu deinem 20. Geburtstag, möge dieser Tag auf ewig in guter Erinnerung für dich bleiben!" Spitzbübisch, spitzelte er, hinter dem Gebinde hervor. Stacy nahm Cody lachend den Strauß aus der Hand. „Dankeschön Cody! Glaube mir, das wird er, schon alleine deshalb, weil du mein Geschenk warst. Die Blumen sind wunderschön und duften herrlich! Danke, danke, danke...." Stacy fiel ihm buchstäblich um den Hals. „Ist ja gut, - er umarmte sie voller Stolz- ich hab es ja gehört, es war mir ein Vergnügen, meine Schöne!...","Ich stelle die Blumen rasch ins Wasser, dann können wir los okay." Stacy ließ Cody keine Sekunde aus den Augen, sie war so gerührt, dass sie ihn am liebsten nicht mehr losgelassen hätte. Cody gefiel es, derart bewundert zu werden, er wuchs zusehends! „Fertig!, wollen wir gehen?" Cody griff sich mit der Hand ins Gesicht und rieb sein Kinn. „Bist du sicher, dass du fertig bist?", fragte er und sah sie musternd an. „Klar, warum? Stimmt was nicht?" „Hm, hast du nicht etwas vergessen?" „Nö, ich glaube nicht, was meinst du?" „Dreh dich mal um, irgendetwas fehlt." Stacy drehte ihm den Rücken zu und schaute durch den Raum, sie runzelte ihre Stirn und konnte sich absolut nicht vorstellen, was er meinte. Cody ergriff die Gelegenheit, die sich ihm bot. Er legte ihr eine Kette, die er versteckt in seiner Hand hielt, um den Hals. Stacy stand wie angewurzelt da! In ihr versammelte sich ein ganzes Heer von Schmetterlingen. Sie kam sich vor, wie „Vivian aus Petty Women". Cody verschloss behutsam die Kette, dann drehte er, sie zu sich um. „So, jetzt bist du fertig!" Stacy griff an ihren Hals, sie war überwältigt! Als sie ihre Stimme wieder gefunden hatte, druckste sie stotternd ein: „Ma, Cody, was ist das?", hervor. „Das ist mein Geburtstagsgeschenk für dich! Schau in den Spiegel und sag mir, ob dir die Kette gefällt, sonst tausche ich sie um." „Sie gefällt mir, da brauche ich nicht zu gucken! Aber, ... ich guck trotzdem, ich will ja wissen, wie sie aussieht", sie zwinkerte ihm verlegen zu und rannte zu einem Spiegel. „Wow, die ist wunderschön, Cody das ist ja Wahnsinn! Das wäre nicht nötig gewesen! Was steht da drauf? Und wo ist die andere Hälfte von dem Herz?" „Du kannst es ruhig sagen, wenn du es kitschig findest und es nicht dein Fall ist, ich meine, wir haben uns gerade erst kennengelernt, ich kenne deinen Geschmack ja noch nicht. Ich habe das genommen, wo ich dachte…." Sie unterbrach ihn mit einem innigen Kuss. „Alles gut! Sie ist wunderschön! Danke! Jetzt sag schon, was da drauf steht." „Auf deiner Hälfte steht, niemals ohne dich Cody. Auf meiner Hälfte steht, nur mit Dir Stacy." Stacys Augen wurden feucht, sie strahlte heller als die Sonne. „Gefällt mir! Ich werde sie nie mehr abnehmen!" Codys Freude war ihm ins Gesicht geschrieben. Er griff in seinen Halsausschnitt und holte die andere Hälfte des Herzens hervor. Stacy sah sich seine Hälfte an, sie war stolz, ein Teil von ihm zu sein! Cody war gerührt, er musste seine Traumfrau jetzt in die Arme nehmen sie leidenschaftlich küssen. Die Heißblütigkeit der beiden, trieb sie Richtung Schlafzimmer. Stacy ging langsam rückwärts, ohne Cody loszulassen, mit dem Fuß, stieß sie die Zimmertür auf. Cody, schnappte Stacy und nahm sie auf seine Arme, ohne auch nur eine Sekunde damit aufzuhören, sie zu küssen. Langsam, Schritt für Schritt, näherte er sich ihrem Bett. Vorsichtig legte er sie ab. Er sah ihr tief in die Augen, die ihm verrieten, dass sie nur darauf wartete, dass er sie endlich beglückte. Diesem Wunsch würde er zu gerne nachkommen, doch war das nicht zu früh? Stacy bemerkte, dass er mit sich haderte, verlangend griff sie, mit einer Hand, unter sein Hemd und streichelte seine Brust. Die andere Hand, legte sie um sein Genick und zog ihn sachte zu sich. Cody stöhnte erregt auf. „Du machst mich wahnsinnig." „Ja?" Hauchte sie ihm ins

Ohr, bevor sie begann an seinem Ohrläppchen zu knabbern. „Ja!" Er war nicht länger Herr seiner Sinne! Zu sehr erregte sie ihn. Mit einem Ruck drehte er sich auf den Rücken und zog sie auf sich. Seine Hände wanderten unkontrolliert über ihren Körper und erforschten sie. Er umfasste ihren Po und drückte sie rhythmisch an sich, seine Hände wanderten unter ihr Kleid, Stacy setzte sich auf ihn und hob bereitwillig ihre Arme, sodass er sie entkleiden konnte. Er entledigte sie ihres Kleides und küsste ihren Hals abwärts zu ihren Brüsten. Zärtlich saugte er an der einen Knospe, währenddem er die andere massierte. Stacy schrie vor Erregung auf. Sie konnte sich nicht länger beherrschen, vorsichtig griff sie zwischen seinen Schritt, was sie spürte, brachte sie so in Rage, dass sie ihren Höhepunkt erreichte. Lustvoll stöhnte sie auf. Cody stand kurz vorm durchdrehen, diese Frau brachte ihn um den Verstand! Er warf sie aufs Bett und rollte sich auf sie, gierig küsste er sie und bewegte sich in schnellem Rhythmus auf ihr. Stacy spürte, wie seine Hose feucht wurde, er klammerte sich fest an sie und saugte an ihren Lippen, bevor er still und geschafft auf ihr liegen blieb. Langsam glitt er neben sie und drehte sie zu sich, er nahm sie in seine Arme und flüsterte ihr ins Ohr, „sorry Schatz. ..." sie legte ihm einen Finger auf seine Lippen und sprach: „Warum? Es ist alles gut, das war der reinste Wahnsinn! Wir hatten Sex, ohne Sex zu haben. ..." Sie sahen sich an und mussten unwillkürlich lachen.

Kapitel 5

Hand in Hand schlenderte das verliebte Paar zum Strand. Cody gestand Stacy, dass sie die erste Frau war, in die er sich verliebt hatte, ehe sie überhaupt ein Wort miteinander gewechselt hatten. Mit einem herausgepressten Lachen fügte er hinzu, dass sie ebenso die erste Frau ist, mit der er einen Höhepunkt der Extraklasse erlebt hatte, er hätte nie für möglich gehalten, dass es so etwas überhaupt gibt. Er legte seinen Arm um ihre Schulter und zog sie näher zu sich heran, er wollte sie, ganz nah bei sich spüren, selbst beim Spazieren gehen. „Stacy…" „Ja Cody?" „Ich habe mich unsterblich in dich verliebt! Ich weiß, wir haben uns erst gestern kennengelernt und du denkst sicher, der Typ hat ein Vogel, aber das ist mir egal! Ich Liebe dich, ich wollte nur, dass du das weißt! Du bist nicht nur ein Urlaubsflirt für mich, hörst du?", sprach er mit ernster Miene in absolut ernstem Ton. Stacy bebte vor Glück, das hatte sie sich von dem Augenblick an gewünscht, als sie ihn auf der Klippe stehen sah! Ihr Wunsch ist in Erfüllung gegangen. Am liebsten hätte sie einen drei Meter hohen Freudensprung gemacht, aber dazu fehlte ihr der Mut. Cody spürte, dass sie am ganzen Körper zitterte. „Schatz, gehts dir gut? Willst du dich setzen?" Er stellte sich besorgt vor sie und sah sie fürsorglich an. „Komm, wir gehen da rüber in den Schatten…" mit einem Griff, nahm er sie auf seine Arme. „Cody… es ist alles gut, ich bin nur so glücklich, weil mein Wunsch in Erfüllung gegangen ist. Du kannst mich wieder runter lassen." Er sah sie verdutzt an. Stacy musste über sein fassungsloses Gesicht, das er an den Tag legte, lachen. Zärtlich streichelte sie mit beiden Händen, über seine Wangen und beugte sich zu seinen Lippen, denen sie nicht widerstehen konnte. Zärtlich küsste sie ihn innig. Cody spürte, wie seine Hose sich ausbeulte. „Du machst mich wuschig!", krächzte er hervor. „Du mich auch!" Cody stand kurz davor, zu explodieren, er wechselte die Richtung und lief mit immer schneller werdenden Schritten, direkt ins Meer. Es war ihm egal, dass sie ihre Kleidung noch anhatten. Er hatte das Gefühl, in Flammen zu stehen und sich löschen zu müssen. Stacy klammerte ihre Beine um seine Hüften, sie spürte, wie erregt er war! Cody schob seine Shorts zur Seite und holte sein geschwollenes Glied hervor, mit einem Griff, verrückte er ihr Höschen und Drang sachte und zugleich verlangend in sie ein. Stacy klammerte sich wie ein Affe um ihn und hielt ihn fest in ihren Armen. Sie küssten sich stürmisch. Cody bewegte ihre Hüften hoch und runter, das Blut schoss ihnen in die Köpfe, sie befanden sich in einem Zustand der Ekstase, die mit keinen Worten, zu beschreiben war! Immer schneller und rhythmischer bewegten sie sich, bis beide gemeinsam ihren Orgasmus erreichten. Stacy spürte, wie sich sein Warmes Ejakulat in ihr ausbreitete, leis` schrie sie auf. Fest drückte sie ihre Beine an seinen Po, sodass sie sein Glied noch tiefer in sich spürte. Cody küsste ihre Brüste, bevor seine Lippen wieder den Weg zu ihrem Mund fanden. Bella hörte ihr Frauchen. Mit einem Satz sprang sie ins Wasser und schwamm zu ihr. Cody küsste Stacy und ließ sich gemeinsam mit ihr, auf den Grund des Wassers sinken. Bella bellte laut. Cody und Stacy, hörten das wehleidige Gebelle und tauchten wieder auf. Die Hündin zwängte sich zwischen die beiden und schleckte Stacy übermütig ab. „Ist ja gut mein Mädchen, ist nix passiert, komm geh`n wir raus." Beruhigte sie ihre Hündin. Cody folgte ihnen und brachte sie zurück in ihr Zimmer. Er gab ihr zum Abschied einen leidenschaftlichen Kuss und sagte: „Ich gehe duschen und mich umziehen, ich hole dich in einer Stunde ab, passt das?" „Ja das passt, lass dir ruhig Zeit, ich warte hier auf dich." Er nickte ihr zu und wandte sich ab. „Cody ...",,Ja liebes?" „Ich liebe dich!" Er lächelte sie an, kam noch einmal zurück,

küsste sie und sagte, bevor er ging: „Ich dich auch,
wie verrückt!"

Kapitel 6

Vier Stunden waren vergangen, seitdem Cody gegangen war. Er hatte weder angerufen, noch ist er aufgetaucht. Stacy blieb nichts anderes übrig, als zu warten, da sie weder seinen Nachnamen, noch seine Telefonnummer oder Zimmernummer kannte. Sie wusste nicht einmal, ob er im selben Hotel wohnte, oder in dem großen Gebäude nebenan. Sie überlegte, an der Rezeption nachzufragen, aber was wusste sie? ... Nichts! Was könnte sie fragen? Kennen sie Cody? Cody wer?... Sie kam zu dem Schluss, dass ihr das nichts bringen würde. ... Sie grübelte weiter ... 1000 Fragen schossen ihr durch den Kopf, aber keine einzige Antwort, fiel ihr dazu ein. ... Als sie zum Abschied sagte, er könne sich Zeit lassen, dachte sie nicht an so viel. ... Sie wartete eine weitere Stunde ab, bevor sie sich dazu entschied alleine essen zu gehen.

Nach dem Essen hatte sich ihre Stimmung zunehmend verschlechtert! Sie wusste nicht, ob sie wütend, oder sich eher Sorgen sollte. Traurig und mit schmerzendem Herzen, holte sie Bella, die sie zum Essen auf ihrem Zimmer ließ. Sie spazierten langsam zu allen Hotels, die in der Nähe lagen. Stacy schaute, wachsam, in jedes einzelne Foyer hinein, sie wünschte sich von ganzem Herzen, Cody zu erblicken. Doch es war vergebens! Es gab keine Spur von ihm! Je mehr Zeit verging, desto mehr schlug ihre Stimmung in Traurigkeit über. Plötzlich zweifelte sie an „seinen" Gefühlen zu „ihr"! War es möglich, sich so sehr in ihm zu täuschen? Hatte er sie nur benutzt, um sie als eine seiner Trophäen zu feiern? Das konnte und wollte sie nicht glauben! ... Sie redete sich ein, dass er schlicht und einfach eingeschlafen war. Genauso musste es sein! ...

Die Nacht war der reinste Horror, für Stacy gewesen! Sie wälzte sich von der einen Seite zur anderen und kam nicht in den Schlaf. Immer wenn sie die Augen schloss, sah sie Cody vor sich, wie er ihr zuwinkte. War es ein Winken zur Begrüßung oder zum Abschied? Sie konnte es beim besten Willen nicht deuten. Völlig unausgeruht, stand sie letztendlich auf, den Blick in den Spiegel, hätte sie besser vermieden, ihre Augen waren dick geschwollen und der Rest, sah auch nicht besser aus. Mit eiskaltem Wasser wusch sie ihr Gesicht ab. Sie hätte laut schreien können, derart verzweifelt war sie. Warum hatte sie ihn nicht „mehr" ausgefragt? Warum fragte sie nicht nach seinem Nachnamen? Tränen rannen über ihre Wangen, völlig ausgelaugt, sank sie vor dem Waschtisch auf die Knie, dann ließ sie ihren Gefühlen freien Lauf. Bella hob ihren Kopf und lauschte dem schluchzenden Ton ihrer Herrin. Sie gab ein Piensen von sich, erhob sich und watschelte zu Stacy. Tröstend schlabberte der Hund ihr Frauchen ab, dann legte sie beschützend den Kopf in ihren Schoß.

Tage vergingen ... von Cody gab es keine Spur! Es war weder was von ihm zu hören, noch zu sehen, er war wie vom Erdboden verschluckt. Stacy war am Boden! Sie hatte kaum ihre große Liebe gefunden, da war sie auch schon wieder weg! Sie fühlte sich benutzt und dreckig, weil sie gleich am zweiten Tag, mit ihm geschlafen hatte. ... Dennoch vermisste sie ihn. ... Die Vorstellung, dass es solche Gefühle zweimal im Leben gab, fiel ihr schwer. Stacy war nicht bereit, ihre Hoffnung aufzugeben! Solange sie auf Hawaii war, solange gab es eine Chance, wenn auch noch so klein, ihre große Liebe wieder zu finden.

Es war nicht mehr, wie am Tag ihrer Anreise! Nachdem Cody, nicht mehr aufgetaucht war, konnte Stacy ihren Urlaub einfach nicht mehr genießen! Alles erinnerte sie an ihre große Liebe. ... Sie gab sich alle Mühe, ein Auge für die Schönheiten der Insel zu haben, doch es fiel schwer! Am liebsten hätte sie ihren Urlaub abgebrochen, um ihrem Schmerz zu entkommen! ... „Stacy!", ermahnte sie sich selbst. „Reiß dich zusammen! Du hast ewig von diesem Urlaub geträumt und darauf gespart!" All ihre Versuche, sich selbst zu motivieren, schlugen fehl. Cody fehlte ihr zu sehr! Sie gab ihr Bestes, um nicht jeden Tag Trübsal zu blasen und zu weinen. Am Tag ihrer Abreise nahm sie ihr Schicksal an! Cody ist nicht wieder aufgetaucht, sie wird ihn nie wieder sehen! ...

Kapitel 7

Wochen vergingen wie im Flug, ... Stacy war ständig schlecht gelaunt und lachte kaum noch! Nie wieder, würde sie einem Mann vertrauen!, das nahm sie sich fest vor. Seit ihrem Urlaub auf Hawaii hatte sie sich verändert, sie war nicht mehr dieselbe wie zuvor. Obwohl sie ihre Eltern liebte, besuchte sie diese zurzeit nur, wegen ihres Pflichtgefühls. Stacy saß mit ihrer Mutter am Küchentisch. Vor ihnen stand Kaffee und Kuchen, doch Stacy, rührte nichts davon an. Sie saß anteilnahmslos, still und mit traurigem Blick da, bis ihr plötzlich übel wurde und sie zur Toilette rannte, um sich zu übergeben. Nachdem sie wieder zurück in die Küche kam, bat ihre Mutter eindringlich, mit ihr zu sprechen. „Kind, seit du vor 3 Monaten, aus deinem Urlaub zurückgekehrt bist, bist du verändert! Dein Blick ist leer, deine Augen sind glanzlos ... ich mach mir Sorgen! ... Sprich doch bitte endlich mit mir und sag mir, was vorgefallen ist." „Mami, - schluchzte Stacy, bevor es endlich aus ihr heraus sprudelte-. Ich

habe im Urlaub, die Liebe meines Lebens kennengelernt. Ich war vom ersten Blick in ihn verliebt! ... - sie
schluchzte- das Gefühl was er in mir auslöste ... - eine
Träne lief über ihre Wange- ich kann es nicht
beschreiben! Es war so unsagbar vertraut ..., so ein-
malig! Er sagte mir an meinem Geburtstag, dass er
mich liebt und immer mit mir zusammen bleiben
will…"ohne ihre Tochter zu unterbrechen, hörte die
Mutter aufmerksam zu. Sie spürte, wie verzweifelt ihr
Kind war, es lag ihr fern, sie noch mehr zu belasten.
Sie ließ sie reden und hoffte, dass es ihr hinterher
besser gehen würde. „Schau Mami, - sie zeigte ihr die
Kette, die um ihren Hals hing- die hat Cody mir
geschenkt, als er mir seine Liebe gestand. ... Ich kann
mich doch nicht so dermaßen in ihm getäuscht haben,
... die Gefühle waren echt! ... So gut kann kein
Mensch schauspielern, das gibt es einfach nicht!",
stammelte sie, bevor sie erneut ins Badezimmer
rannte, um sich zu übergeben. Kurz darauf erzählte sie
weiter, als wäre nichts gewesen. „Ich habe gleich am
2. Tag mit ihm geschlafen, es war mein erstes Mal!"
Sie sah ihre Mutter beschämt an und versuchte, in
ihrem Blick zu lesen, doch die liebevolle Frau, verzog
keine Mine. Mitfühlend nahm sie stattdessen ihre
Hand und drückte sie sanft. „Schatz! Was geschehen
ist, ist geschehen! Mach dich nicht selber fertig! Ich
habe die ganze Zeit schon gespürt, dass irgendetwas
passiert ist. Ich habe mir Sorgen gemacht! Ich dachte

schon, dass du dir in Hawaii einen Virus eingefangen hast, ... aber jetzt, ... nachdem du mit mir gesprochen hast, wird mir einiges klar. Geh bitte zum Frauenarzt und lass dich untersuchen.", bat sie ihre Tochter. „Warum? Meinst du, ich bin krank?" Sie sah ihre Mutter erschrocken an. „Nein Dummerchen, ich meine du bist in anderen Umständen." Nun fiel bei Stacy der Groschen. Sie fasste sich an die Stirn, es fiel ihr wie Schuppen vor die Augen. „Mami, ich war so abgelenkt, durch meinen Kummer, dass ich daran gar nicht gedacht habe. ... glaubst du mir, dass mir das überhaupt nicht in den Sinn gekommen ist?" „Ja klar, glaube ich dir das! Es sind mittlerweile drei Monate vergangen und du bist immer traurig und in Gedanken, lass es bitte abklären, dann hast du Sicherheit." „Ja das mach ich" versprach sie ihrer Mutter. Sie umarmte sie und gab ihr ein Küsschen, bevor sie sich verabschiedete.

Stacy hatte Glück, sie bekam noch am gleichen Tag einen Termin, bei ihrem Gynäkologen. Er nahm ihr Blut ab und machte einen Ultraschall. „Herzlichen Glückwunsch, sie werden Mama! Sehen Sie das? Sie bekommen Zwillinge. Sie sind im 3. Monat schwanger, gerechnet werden 10 Monate.", er erklärte ihr anhand des Ultraschallbildes, was er sah. Zum Schluss druckte er das Bild aus und überreichte es ihr, gemeinsam mit ihrem Mutterpass. „Der voraussichtlich Geburtstermin ist der 7.6.2022.", klärte er sie weiter auf. Stacy war sprachlos, wie in Trance nahm sie ihre Sachen und verabschiedete sich. Sie war am Ausgang des Ärztehauses, in Schärding, indem sich mehrere Ärzte in verschiedenen Branchen befanden. Die Tür öffnete sich und wurde aufgehalten. Sie blickte hoch und wollte sich bedanken, als sie sein Gesicht sah. ... „Stacy?! Meine süße Stacy!", rief er jubelnd. „Cody?!" Sie traute ihren Augen nicht! „Endlich habe ich dich gefunden!", sprach Cody mit einem Ton der Erleichterung! Stacy dachte daran einfach weiterzugehen, wollte sich aber dann doch anhören, was er zu sagen hatte. Schützend hob sie ihre Hände hoch, als er sie in seine Arme schließen wollte, viel zu groß war ihre Angst davor, wieder verletzt zu werden. „Ich kann mir vorstellen, wie du dich fühlst, glaube mir bitte!", er flehte sie förmlich an. Schnell sprach er weiter, bevor sie auf den Gedanken kommen konnte, ihn stehen zu lassen, ohne dass er Zeit hatte, sich zu erklären. „Hast du Zeit? Bitte geh mit mir in das Café` da drüben und lass mich dir erklären, was passiert ist." Er sah sie so eindringlich an, dass sie nicht anders konnte und einwilligte. „Na schön, ich gehe mit, es interessiert mich brennend, warum du verschwunden bist, ohne ein Wort zu sagen."

Kapitel 8

„Wie geht es dir?", fragte Cody aufgeregt, als er ihr den Stuhl zurechtrückte. „Das sage ich dir vielleicht später, wenn ich weiß …" Cody bestellte 2 Cappuccino. Er saß ihr gegenüber und schaute ihr in die Augen. Er sah nicht mehr das Leuchten darin, dass sie so unwiderstehlich gemacht hatte. Er wusste nur zu gut, wie sie sich fühlte, denn ihm ging es nicht anders! Er war im Begriff, ihre Hand zu nehmen, doch Stacy zog sie weg. „Erzähl" forderte sie ihn kühl auf. Am liebsten wäre sie ihm, um den Hals gefallen, aber sie hatte unsagbare Angst davor, obwohl ihr Herz bis zum Hals pochte und sie sich nichts sehnlicher wünschte! Wie gerne würde sie in seinen Armen zu liegen. Cody wusste, er musste sie schnell aufklären, um den Schmerz von ihrem Herzen zu nehmen. Er räusperte sich kurz, nahm einen Schluck von seinem Kaffee, dann legte er endlich los! Das Warten hatte ein Ende! „Ich hatte mich umgezogen, war gestriegelt und herausgeputzt, ich war so aufgeregt und freute mich über alle Maße, gleich wieder bei dir zu sein. Ich wollte nicht auf den Fahrstuhl warten, das hat mir alles viel zu lange gedauert! Ich lief zur Treppe, nahm 2 oder 3 Stufen auf einmal, plötzlich habe ich mich vertreten. Ich bin so ungeschickt auf den Kopf gefallen, dass ich bewusstlos wurde. - Stacys Augen kniffen sich zusammen, das ergab Sinn! - das nächste, woran ich mich erinnere, ich wachte im Krankenhaus auf. Ich lag 3 Wochen im Koma. Für mich waren es nur ein paar Minuten, ich habe gesagt, dass ich verabredet bin und ich die Liebe meines Lebens gefunden hatte und sofort gehen müsse …" Stacy konnte kaum glauben, was sie da hörte. Sie stand auf, ging um den Tisch herum und setzte sich auf seinen Schoß, sie umschloss sein Gesicht, mit beiden Händen, und umarmte ihn! Tränen der Freude und Erleichterung flossen über ihre Wangen, die Cody ihr weg küsste. Weinend sprach sie immer wieder seinen Namen „Cody, mein Cody" Cody umarmte seine Stacy, er gab ihr einen sehnsüchtigen Kuss, bevor er weiter sprach. „Ich wurde darüber aufgeklärt, was passiert war und wie viel Zeit ich im Koma lag. Ich war außer mir, denn mir war bewusst, dass du weg warst! Ich kannte lediglich deine Zimmernummer, ansonsten wusste ich nichts Privates von dir, wir hatten uns doch erst kennengelernt! …" er kämpfte mit den Tränen! „Schatz, bitte glaube mir, seitdem ich aus dem Krankenhaus entlassen wurde, setzte ich alle Hebel in

Bewegung, um dich zu finden! Im Hotel erhielt ich ebenfalls keine Auskunft, Datenschutz!", er schüttelte den Kopf und wollte weiterreden. Er war völlig aufgelöst. „Sch, du hast mich gefunden, das ist alles, was jetzt noch zählt! Ich weiß jetzt, dass du mich nicht verlassen hast!" Sie drückte seinen Kopf, fest an ihren Busen. Als Cody sich wieder gefangen hatte, schaute er sie fragend an. „Irre ich mich, oder sind deine Möpse größer geworden?" Sie mussten beide lachen, nach drei Monaten sehen sie sich endlich wieder und er erkundigte sich nur über die Größe ihrer Möpse. Nachdem sie sich wieder gefangen hatten, lächelte sie ihn an, das strahlen ihrer Augen war auf einmal wieder da! Sie stand auf und ging zu ihrer Handtasche. Währenddem sie darin grub, antwortete sie auf seine Frage. „Kann schon sein!" Sie legte ihm das Ultraschallbild hin und schaute ihm ganz gespannt ins Gesicht. Er wusste sofort, was das war! Mit großen Augen schaute er sie an. „Ist es das, was ich denke?", fragte er sie völlig außer sich. Sie zwinkerte ihm überglücklich zu. „Wenn du denkst, ob du Vater wirst, ... dann ja! ... Unser Wassersport, hatte folgen!" Mit einem Satz sprang Cody hoch, sein Stuhl fiel um, doch das war ihm egal! Die Leute schauten neugierig zu ihm herüber. Mit Gebrüll, und hochgerissenen Armen, jubelte er „ich werde Vater, ich bekomme ein Baby, ja! Ich werde Vater", wiederholte er trällernd. Stacy schüttelte ihren Kopf, mit einem Mal war er still, er kniete sich zu ihr nieder und fragte enttäuscht „ich werde doch nicht Vater?" Stacy wippte mit ihrem Kopf „Na ja wie soll ich sagen? … es sind Zwillinge" sie strahlte ihn an. Wie von der Tarantel gestochen, schoss er hoch, wieder jubelte er ausgelassen. „Ich werde Vater! Ich bekomme Zwillinge! Juchhu!!" Die Leute im Kaffee freuten sich über das Ereignis, oder aber, sie amüsierten sich über den durchgeknallten Typen, der einen Indianertanz vorführte. Abrupt hörte er auf zu tanzen, er ging an den Nachbartisch, nahm die Rosen aus der Vase, die vor einem älteren Paar standen. Er sah die Frau nur fragend an, die nickte ihm zustimmend zu. Mit den Rosen in der Hand stapfte er zu seiner Herzensdame zurück. Er ließ sich vor ihr auf die Knie fallen und überreichte ihr die Rosen. Er schaute ihr spitzbübisch in die Augen, strahlte übers ganze Gesicht und hielt um ihre Hand an. Er sprach laut und deutlich, er wollte, dass sie jedes Wort genau verstand, sodass keine Zweifel an seiner Liebe zu ihr aufkommen konnten. „Stacy, wir kennen uns noch nicht lange und auch nicht gut, - er zog die Brauen und die Schultern hoch – trotzdem weiß ich, weil ich es im tiefsten Herzen spüre, du bist die Frau meines Lebens! Bitte mach mich zum glück-lichsten Mann der Welt und sag ja?! Willst du mich heiraten?" Stacy schlug ihre Hände vors Gesicht und weinte vor Glück. Sie stand auf, zog ihn zu sich hoch und flüsterte. „Ja!" „Was, ich kann dich nicht hören" rief er übertrieben laut, so das es auch der letzte Gast im Café hören konnte. Noch mal sagte sie leise: „Ja" Cody sah sie ernst an, schüttelte gespielt seinen Kopf und sprach erneut in lautem und übertriebenen Ton. „Ich kann dich nicht hören, bitte wiederhole es!", er war völlig aus dem Häuschen. Nun hatte sie verstanden, was er wollte! „Ja! Ja! Ich will dich heiraten" rief sie endlich laut und deutlich, sodass es jeder im Café hören konnte. Übermütig hob er sie hoch und drehte sich vor Freude, jubelnd im Kreis. Die Gäste im Café applaudierten begeistert! Cody, stellte Stacy ab und küsste sie voller Leidenschaft. „Schatz, entschuldige bitte, du musst die Rosen leider zurückgeben, das war nur eine Leihgabe. Ich kaufe dir gleich ein Strauß, der ‚nur' für dich ist." Sie nickte und zwinkerte ihm lächelnd zu.

Heike Hofmann

Kapitel 9

Stacy wollte kein Risiko mehr eingehen! Nachdem Cody ihr versicherte, dass er nichts mehr an diesem Tag vor hatte, schleppte sie ihn direkt mit, zu ihren Eltern. „Komm, ich stelle dich meiner Mama und meinem Papa vor, wir erzählen ihnen gemeinsam, dass wir heiraten und ein Kind bekommen." Cody sah seine vor Glück strahlende Braut an und schüttelte, mit einer Grimasse im Gesicht, den Kopf. Irritiert sah sie ihn an. Er wollte sie nicht länger quälen, „Dummerchen, nicht ein Kind, zwei!" Erleichtert lächelte sie ihn an und boxte ihm neckisch auf seinen Arm. Gespielt schrie er mit schmerzverzerrtem Gesicht auf. „Aua ahh, hey ich bin der Vater deiner Kinder, du darfst mich nicht schlagen!" „Entschuldigung! Das musste sein, damit du gleich weißt, woran du bist. Du hast mich verarscht! Ich dachte schon, du willst meine Eltern nicht kennenlernen." „Und ob ich das will! Ich muss mich doch bei ihnen bedanken." „Du musst dich bedanken? Wofür?" Er stellte sich vor sie, blickte ihr streng, direkt in ihre funkelnden Augen. „Dafür, dass sie mir das größte Geschenk auf Erden gemacht haben, DICH! Es gibt keine Worte, für das, was ich für dich empfinde!" Er beugte sich zu ihr hinab und küsste sie.

„Du Codyli," „hm?" „Ich weiß immer noch nicht deinen Nachnamen! Wird es nicht Zeit, dass wir uns endlich gegenseitig vorstellen? Ich glaube, auf der ganzen Welt gibt es kein anderes Paar mehr, das bevor sie ihre Namen kennen, beschließt zu heiraten. Sind wir normal?" „Grell!" „Was Grell? Die Sonne? Brauchst du eine Sonnenbrille?" Cody lachte herzlich. Wieder schaute sie ihn fragend an, dieser Mann war ein Rätsel für sie und irgendwann, würde sie das Rätsel lösen, irgendwann wird sie ihn durchschauen und wissen, was er meint, wenn er Witze macht. Das nahm sie sich, zur Lebensaufgabe vor. „Madame, darf ich mich ganz offiziell vorstellen? - er nahm ihre Hand und küsste sie. - Mein Name ist Cody Grell, ich bin am 18.03.1998 auf dieser Erde ausgesetzt worden, um dich zu finden!, ich bin 23 Jahre und meine Aufgabe ist es, dir ein erfülltes Leben zu geben, solange es dich auf diesem Planeten gibt! ... Ich werde an deiner Seite sein und über dich wachen, jeden Tag für den Rest meines Lebens!" Er hatte seine Stimme, für diesen Vortrag, von einem Roboter, gemimt. Stacy sah ihn an, als käme er von einem anderen Stern. Ihr Blick war göttlich! Sie brachen in helles Gelächter aus. Wie schaffte er das nur? Er trat in ihr Leben und veränderte es schlagartig! Sie fühlte sich ihm so verbunden, als würde sie ihn, schon ihr Leben lang kennen. Jetzt sah sie ihm ernst in die Augen, sie versuchte es zumindest, was ihr nicht ganz gelang, da sie immer wieder kichern musste. „Es freut mich sehr - hihi - dich, Cody Grell, vom anderen Stern - hihi - kennenzulernen! Da hast du dir eine schöne Aufgabe ausgesucht, du wirst dir noch wünschen, auf einem anderen Planeten gelandet zu sein - hihi - wenn du mich erst mal näher kennengelernt hast." „Niemals!" Kam wie aus einer Pistole geschossen seine Antwort. „Du bist dran, Prinzessin Stacy, nenne mir deine Erkennung!" „Stacy Lugner, geboren am 07.08.2001, ich wurde auf diese Welt gesetzt, um dich mein lieber Codyli, auf die richtige Spur zu bringen, dir dabei zu helfen, dich auf unserem Planeten, zurechtzufinden!" Die zwei hatten sich gesucht und gefunden, ihre Chemie passte perfekt! Stacy öffnete die Tür von ihrem Elternhaus. Neugierige Blicke, starrten die beiden an. Stacy lächelte ihren Eltern zu, der Mutter war auf Anhieb klar, wer das war, und stellte ihren frisch gefundenen Bräutigam vor. „Cody, das sind meine Eltern, Francis und Leon Lugner." Cody reichte der gut aussehenden Frau seine Hand. „Es freut mich sehr, Frau Lugner, sie kennenzulernen! Jetzt ist mir klar, woher Stacy, ihre strahlende Schönheit her hat." „Dankeschön, junger Mann, es freut mich außerordentlich, den Mann, der meinem Kind dermaßen den Kopf verdreht hat, kennenzulernen!" Stacy drehte Cody zu ihrem Vater um. „Darf ich vorstellen, Papa, Cody." „Herr Lugner, es ist mir eine Ehre! Ich muss mich bei Ihnen und ihrer Frau bedanken! Sie haben eine so wunderbare Tochter! Ich bin der glücklichste Mann der Welt!" „Junger Mann, freut mich ebenso, ich lege ihnen ans Herz, meine Tochter gut zu behandeln, höre ich jemals, dass sie sie, verletzt haben, werden sie sich wünschen, mir nie begegnet zu sein! Sie ist meine Prinzessin, wer ihr wehtut, bekommt es mit mir zu tun, haben wir uns verstanden?", beendete der Vater seine Rede, mit seiner tiefen Stimme, die recht bedrohlich klang. „Auf jeden Fall! Ich verspreche Ihnen, ich werde Stacy behüten, wie meinen Augapfel! Ich werde es mir zur Aufgabe machen, sie jeden Tag aufs Neue, glücklich zu machen! ... Das verspreche ich Ihnen hoch und heilig!" „Gut so junger Mann, dann haben wir uns ja verstanden, herzlich willkommen in unserer Familie!" Somit war das Eis gebrochen. Alle saßen am Tisch, sie tranken Kaffee und aßen ein Stück Kuchen. Stacy nahm Codys Hand, er wusste, was sie wollte und nickte ihr zu. ... Endlich ließ sie die Bombe platzen. Zu lange schon, saß er auf glühender Kohle! Stacy sah ihre Eltern an und rückte mit der Neuigkeit des Tages heraus. „Mama, Papa, ich bin schwanger! Wir bekommen ein Kind" erzählte sie freudestrahlend. Die Eltern waren im ersten Moment baff. Cody sah Stacy, schon wieder kopfschüttelnd an und preschte stolz hervor „Zwillinge!" „Ich habe es mir schon gedacht, dir war ständig schlecht, ich bin froh, dass du jetzt nicht mehr alleine bist, anscheinend hat sich alles aufgeklärt?" Die Mutter sah ihre Tochter fragend an, sie war gespannt darauf, zu erfahren, wo Cody die ganze Zeit gesteckt hatte und warum er ihre Tochter solche Höllenqualen ausgesetzt hatte. „Es gibt weitere Neuigkeiten" Cody fiel Stacy ins Wort „darf ich Schatz?" Sie nickte ihm lächelnd zu. „Sie wundern sich sicher, wo ich die ganze Zeit gesteckt habe, und warum Stacy drei Monate auf mich warten musste. ... Bevor ich Stacy heute, endlich wiedergefunden habe, habe ich genauso wie sie, Höllenqualen durchlebt. Ich hatte im Urlaub, einen Unfall und lag im Koma, ... als ich aufwachte, war Stacy verschwunden! Ich habe die ganze Zeit über, alle Hebel in Bewegung gesetzt, um sie zu finden. - er sah Stacy liebevoll an - Aber wie findet man eine Nadel im Heuhaufen? Ich kannte ja ihren Nachnamen nicht und im Hotel, bekam ich keine Auskunft! Ich wusste nur, dass sie in St. Florian lebt und Stacy heißt. Seit ich zurück bin, habe ich jeden Tag stundenlang, an einer anderen Stelle in Florian gewartet und gehofft, dass Stacy mit Bella auftaucht. Aber wenn man nicht weiß, wo man suchen muss, ist es schier unmöglich, jemanden zu finden von dem man nichts, als den Vornamen, weiß. Ganz gleich, wie klein der Ort auch sein mag! Heute, als ich von meiner

Nachuntersuchung, vom Arzt kam, stand plötzlich Stacy, wie aus dem nichts vor mir. Ich dachte ich Träume! Meine täglichen Gebete, wurden erhört! Ich habe sie mit in ein Café geschleppt, ihr alles erklärt und um ihre Hand angehalten. Bitte entschuldigen sie, dass ich sie nicht zuerst gefragt habe, aber das Glück, sie endlich gefunden zu haben, war überdimensional! Ich kann keine Sekunde länger ohne diese Frau sein! Sie ist etwas ganz Besonderes! Ich gebe sie nie mehr her!" Nach dieser Ansprache waren alle Zweifel, aus dem Weg geräumt und Cody bekam den Segen der zukünftigen Schwiegereltern! „Cody, deine Rede war beeindruckend! Ich habe eine gute Menschenkenntnis und ich vertraue dir! Du scheinst es wirklich ernst mit unserer Kleinen zu meinen. Da du nun ein Teil der Familie bist, ich bin Leon und das ist Francis. Lassen wir das mit dem ‚sie‘ einverstanden?", er reichte Cody seine Hand und klopfte ihm freundschaftlich auf die Schulter. Danach wandte er sich seiner Tochter zu. „Prinzessin, es scheint, als hättest du deinen Prinzen gefunden. Herzlichen Glückwunsch Liebes, ich freue mich über alle Maße für dich! Ich denke, du hast einen guten Fang gemacht. Mein Rat als stolzer Vater, hört nie auf, miteinander zu reden, vor allem aber, nach einem Streit. Wenn ihr den Ratschlag befolgt, dann wird euch nichts mehr auf der Welt trennen können!" Der stolze Mann, drückte seine Tochter liebevoll an sich und küsste ihr die Stirn. „Jetzt bin ich aber auch mal dran! - beschwerte sich Francis - es ist ja schon alles gesagt ... ich freue mich für euch beide, vor allem deshalb, dass die Kinder eine richtige Familie haben und mein Schatz, weil du endlich wieder strahlen kannst. Ich hab dich lieb, komm her. Herzlichen Glückwunsch!" Sie umarmte ihre Tochter und busselte sie von oben bis unten ab. Tränen der Freude flossen, bei beiden Frauen. Francis trocknete ihre Tränen und umarmte, ohne ein Wort zu verlieren, ihren Schwiegersohn in spe.

Kapitel 10

Die Zeit verging rasend schnell. Cody wurde herzlich in der Familie aufgenommen, sie plauderten und lachten die ganze Zeit über. Cody schaute auf die Uhr und entschuldigte sich. „Sorry Schatz, ich muss kurz weg!" „Wo gehst du hin? Soll ich mitkommen?", fragte Stacy ihn nicht ohne Hintergedanken. Die lange Zeit ohne ihn, steckten ihr noch immer den Knochen. ... Sie wollte ihn nicht wieder aus den Augen verlieren. ... „Nein Liebling, du bleibst bitte hier bei deinen Eltern, ich muss etwas erledigen. Ich verspreche dir, dass ich in spätestens einer Stunde wieder bei dir bin." Er Strich ihr sanft über die Wange und hauchte ihr ein Küsschen auf die Stirn, er nickte den Eltern zu und verschwand kurz darauf. Francis, sah ihrer Tochter, ihre Enttäuschung an. „Stacy, hör auf zu klammern, er wird wieder kommen! Du darfst dich nicht durch deine Angst, dass er wieder verschwinden könnte, beeinflussen lassen! Dieser junge Mann liebt dich, das spürt man! Er wird nicht noch einmal auf den Kopf fallen und für Monate aus deinem Leben verschwinden, hab vertrauen."

„Danke Mama! Du hast recht, ich werde deinen Rat befolgen! Lass uns über die Hochzeit reden, ich brauche ein Kleid und wir müssen einen Termin festsetzen, ich bin so aufgeregt! Mami ...," Leon unterbrach seine Tochter. „Stopp! Du kannst kein Datum festlegen ohne deinen Bräutigam! Mir ist klar, dass du aufgeregt bist, aber schalte mal einen Gang herunter junge Dame! Was ist mit dir los? Gestern verreist du und bist für 14 Tage verschwunden, heute bist du schwanger und morgen willst du heiraten? Hallo? Lass uns mal etwas Zeit damit klarzukommen und überstürze nicht alles. Wie lange kennst du diesen Mann? Wer sagt dir, dass ihr miteinander klarkommt, wenn ihr unter einem Dach wohnt und Tag und Nacht aufeinanderhängt? Du musst nicht auf Biegen und brechen, von heute auf morgen dein ganzes Leben umkrempeln, lass dir Zeit und plane deine Zukunft in Ruhe. ... Du triffst eine Entscheidung fürs Leben und die muss gut durchdacht sein!" Stacy ließ nachdenklich ihren Kopf hängen. Die Worte ihres Vaters betrübten sie, obwohl sie wusste, dass ihr Vater recht hatte, aber das änderte nichts an ihren Plänen Cody zu heiraten, und zwar so schnell wie möglich! Stacy wurde aus ihren Gedanken gerissen, als es an der Tür läutete. Francis öffnete die Tür und war sprachlos. Cody stand vor ihr mit einem wunderschönen Strauß roter Rosen. Dieser

Blumenstrauß, war noch Pompöser, als der den sie zu ihrem Geburtstag bekommen hatte. Francis trat zur Seite und gab ihm den Weg frei, überwältigt folgte sie ihm in die Küche und beobachtete mit Tränen in den Augen, wie er vor ihrer Tochter auf die Knie fiel. „Mein Schatz, ich habe dir einen Strauß roter Rosen versprochen, der ‚nur für dich‘ ausgewählt wurde. Bitteschön - er überreichte Stacy die Rosen, griff in seine Jackentasche und holte eine kleine Schachtel hervor, er öffnete sie und sprach weiter. - Mit diesem Ring gebe ich dir mein Wort, dass ich immer mit dir zusammen sein will! Er soll dich in guten und in schlechten Zeiten daran erinnern, wie sehr ich dich liebe! Bitte trage diesen Ring als Zeichen meiner Liebe, meiner Achtung vor dir und dem Wissen, das ich dich bis zum Ende unserer Tage, beschützen werde. Ich Frage dich jetzt noch einmal im Beisein deiner Eltern. ... Willst du ‚Stacy Lugner‘ meine Frau werden und mich zum glücklichsten Mann auf der Welt machen? Willst du mich heiraten?" Cody sah Stacy völlig verliebt in die Augen, er ließ keine Sekunde seinen Blick von ihr ab, bis sie ihm geantwortet hatte. „Ja! Tausendmal ja, ich will!" Sie sprang auf, fiel ihm in die Arme und sie küssten sich leidenschaftlich. Nun waren auch die letzten Zweifel von Leon beseitigt! Er spürte instinktiv, dass nichts und niemand einen Keil zwischen das Paar bringen könnte, sie hatten sich gesucht und gefunden, ein solches sprühen und funkeln in den Augen hatte er noch nie zuvor gesehen! Er war hin und weg! Was er da, mit eigenen Augen gesehen hatte, war Magie, das hatte er jetzt begriffen! Er freute sich für die beiden und ihm war klar, dass er sie bei, egal bei was, unterstützen würde.

„Ma, Cody, du hast dich schon wieder übertroffen, die Rosen sind ja traumhaft!" „Es freut mich, wenn sie dir gefallen! - er strahlte sie mit einem breiten Grinsen an - wenn du dann mal irgendwann Zeit hast, könntest du mir eventuell mal deinen Finger reichen und zur Abwechslung mal deinen Ring bewundern?" Brüskierte er sich scherzhaft. Sie war so happy über die Blumen, den Antrag und seine Umarmung, dass sie an nichts anderes mehr dachte. Beschämt schaute sie ihn an. „Oh, Entschuldigung! Natürlich möchte ich meinen Ring haben und bewundern! Es ist nur …" er küsste sie verliebt, um sie am Reden zu hindern. „Passt schon Schatz, das weiß ich doch! Hab nur ein Scherz gemacht." Sie schauten sich tief in die Augen, alles um sie herum, schien nicht zu existieren. Francis sah ihren Mann neidisch an. Vorwurfsvoll sprach sie „Leon, ich muss schon sagen, in all den Jahren die wir uns kennen, hast du mich nicht einmal so angeschaut." „Geh weiter Francis, red nicht so ein Schmarren! Warte mal ab, ob er sie in dreißig Jahren immer noch so ansieht." Sie stöhnte kurz auf „hm" Leon beugte sich zu seiner Frau und gab ihr einen Kuss. „Ich liebe dich Francis, seitdem ich dich kenne, ist meine Liebe zu dir stets gewachsen! Nach all den Jahren kann ich immer noch sagen, du bist meine Seelenverwandte, die Liebe meines Lebens! Ich möchte keinen einzigen Tag mit dir missen!" „Papa, ich wusste nicht, dass du so romantisch wie Cody sein kannst, es ist schön, euch so herzlich miteinander umgehen zu sehen! So schön es auch ist, ich werde meinen Cody jetzt mit nach Hause nehmen, hab euch lieb!" Stacy umarmte ihre Eltern zum Abschied und fuhr mit Cody heim.

Stacy fuhr durch die große Einfahrt von ihrem Grundstück. Nachdem sie eingeparkt hatte, holte sie Bella aus ihrem Freigehege. Stürmisch begrüßte Bella, Stacy und Cody. Danach gingen alle gemeinsam ins Haus. Cody staunte! „Ein schönes Anwesen hast du hier" „Groß vor allem, es ist halt eine alte Hütte, es gehört viel gemacht. Ich habe den Grund von meinen Großeltern bekommen, ich wohne erst seit einem halben Jahr hier und habe noch nicht allzu viel gemacht. Komm, ich zeige dir alles." Stacy nahm die Hand ihres Verlobten und führte ihn zuerst übers Grundstück. Sie zeigte ihm ihren kleinen Gemüsegarten, auf den sie sehr stolz war und die Hühner, die sie jeden Tag mit frischen Eiern versorgten. Danach führte sie ihn ins Haus und präsentierte ihr kleines Reich. „So, dann komm mal rein. Ich möchte, dass du dich hier zu Hause fühlst! Wir werden doch hier wohnen bleiben oder? – fragte sie etwas ängstlich. -

Ich möchte nämlich nicht gerne von hier wegziehen."
„Auf jeden Fall bleiben wir hier! Stacy du wohnst einfach traumhaft hier! Gut, es gehört einiges gemacht, aber das bauen wir uns gemeinsam auf, wenn du das möchtest?" Stacy fiel ein riesiger Stein vom Herzen. „Und ob ich das will! Schau, hier gehts in die Küche, da ist das Badezimmer, das Wohnzimmer, ein Arbeitszimmer, hier Nähe ich gerne. Mir macht es Spaß selbst zu kreieren, das Shirt und den Rock, den ich anhabe, habe ich selbst entworfen und genäht. Na ja, weiter gehts, last but not least, das Schlafzimmer." Cody war beeindruckt! Das Haus war zwar klein, aber fein. Es war sehr ordentlich und es stand nirgends unnötiger Kram herum. „Da hab ich ja einen guten Fang mit dir gemacht. - er zwinkerte ihr zu - Du bist ein kleines Naturtalent! Gut zu wissen. Jetzt hab ich eine Frage, aber nicht das du denkst, ich will dich bedrängen und mich ins gemachte Nest setzen. Wann kann ich einziehen?" „Was ist das für eine Frage? Wir heiraten, hast du das schon vergessen? Was mein ist, ist auch dein! Ich würde mich freuen, wenn du sofort einziehst, am liebsten wäre es mir, wenn du direkt bleibst, für immer!" Stacy schaute Cody fragend an. Ihr Herz pochte so laut, dass sie befürchtete, er könne es hören. Cody ging ganz langsam, fast schwebend auf sie zu, er sah ihr in ihre wunderschönen Augen, sie fühlten beide das gleiche! Die Funken sprühten so extrem zwischen ihnen, dass die Gefahr einer Explo-

sion bestand, wenn sie sich nicht sofort in die Arme fielen. Sie konnten es nicht länger abwarten und küssten sich stürmisch. Ihnen wurde extrem heiß! Cody zog Stacy ihr Shirt über den Kopf. Stacy fackelte nicht lange, sie riss mit einem Ruck das Hemd von Codys Leib, die Knöpfe flogen im hohen Bogen durch das Zimmer. Das war zu viel für den Mann, der satte drei Monate nach seiner Traumfrau, Ausschau gehalten hatte und sich so sehr nach ihr sehnte! Cody konnte sich nicht länger beherrschen! Mit Schwung nahm er sie hoch auf seine Arme. Er trug sie, während sie sich hemmungslos küssten ins Schlafzimmer. Zu lange hatten sie auf diesen Augenblick gewartet, um noch endlose Zeit zu vergeuden! Reden konnten sie auch später, aber jetzt, war erst einmal die Zeit gekommen, übereinander herzufallen.

Sanft legte er seine frisch gebackene Braut, aufs Bett. Zu eilig hatte er es, sie zu fühlen, um sie vorsichtig auszuziehen! Gierig nach ihr riss er ihr ihre Kleidung vom restlichen Körperteil und entledigte sich flott der seinen. Zum ersten Mal sahen sie sich vollständig nackt. Ihre Körper bebten beide! Sie standen in lodernder Flamme. Ihre Gefühle zueinander waren dermaßen groß, dass der Anblick sie umso mehr in Rausch versetzte. „Du bist so wunderschön" hechelte er ihr stöhnend ins Ohr. Er war nicht mächtig, länger zu warten! Er legte sich sanft auf sie. Stacy war in einem Rauschzustand, wie sie ihn bisher nicht kannte, ihr Körper vibrierte vor Verlangen nach ihm. „Du machst mich verrückt!", schrie sie erregt. Das war das Startzeichen! Sie brauchten kein Vorspiel, sie waren so heiß aufeinander, dass sein steifer Schwanz, schnell den Weg in ihre feucht triefende Muschi fand. Hemmungslos verschmolzen ihre Körper miteinander. Sie holten all das nach, wonach sie sich in den letzten drei Monaten gesehnt hatten. Stacy schrie lustvoll auf. Sie hatten keine Nachbarn und konnten ihren Gefühlen freien Lauf lassen. Sie wusste nicht, wie geil man aufeinander sein konnte und was man alles miteinander tun konnte, doch Cody führte sie in die geheime Welt der Wollust ein. Cody drang immer schneller und tiefer in sie ein, er wechselte die Stellung und nahm sie von hinten ... Stacy schrie vor Lust ... sie hatte einen solch explosionsartigen Orgasmus, dass Cody laut anfing zu stöhnen. Cody drehte Stacy zurück auf den Rücken, er küsste sie innig und drang so lange, in langsamen und rhythmischen Bewegungen in sie ein, bis sie beide gemeinsam ihren Höhepunkt erreichten.

Geschafft lagen sie nebeneinander. Keiner war nach diesem Marathon in der Lage auch nur ein einziges Wort zu sprechen. Nachdem sie sich etwas erholt hatten, nahm Cody, seine Stacy in seine Arme, er drückte sie zärtlich an sich und gab ihr einen Kuss, der keiner Worte bedurfte, ein Kuss, der Bände sprach! Stacy drehte ihm den Rücken zu und schlief selig in seinen Armen ein.

Mitten in der Nacht spürte Stacy, wie sie etwas von hinten anstupste. Sie bewegte lustvoll ihr Becken und nahm Codys Schwellkörper wahr. Cody schlief tief und fest, anscheinend träumte er gerade von ihr. Auch wenn er schlief, er erregte sie! Sie nahm ihre Hand und führte sein steifes Glied in sich ein. Sie bewegte sich rhythmisch und bemerkte, wie Cody kurz darauf mitmachte. Sie liebten sich ein weiteres Mal und schliefen kurz danach glücklich und erschöpft miteinander ein.

Heike Hofmann

Kapitel 11

Cody holte am nächsten Tag, eine Reisetasche aus dem Haus seiner Eltern. Mehr hatte und brauchte er nicht. Alles, was wichtig für ihn war, war sein Leben mit seiner zukünftigen Frau zu verbringen. Stacy war bei der Arbeit, sie war in einem Discounter, für 24 Stunden die Woche angestellt, so hatte sie genügend Zeit sich um Haus, Garten und ihre Tiere zu kümmern. Der Discounter zahlte so gut, dass sie mit ihrem Einkommen locker auskam. Cody war noch krank geschrieben. Seit seinem Unfall hatte er Kopfschmerzen, die waren zwar gering, aber für seine Arbeit als Baggerfahrer, war er wegen des hohen Geräuschpegels nicht einsetzbar.

Cody nutzte die Zeit, in der er alleine in Stacys Haus war, um offensichtliche Mängel zu beheben. Er reparierte den Schuhschrank im Flur, die Scharniere waren ausgebrochen, das Schloss der Eingangstür klemmte, ebenso Bellas Durchgang zu ihrem Freigehege. Danach verstaute er sein überschaubares Hab und Gut, in dem Schrank den Stacy, extra für ihn frei gemacht hatte, dann kochte er sich einen Kaffee. Er setzte sich an den großen Holztisch, in der Küche, da kam ihm ein Gedanke. Er nahm sich Stift und Papier und Zeichnete ein Grundriss für ein neues Haus. Er brauchte nicht lange, bis ihm sein Entwurf gefiel. Zufrieden nickte er. „Ja, so könnte es aussehen" sprach er vor sich hin. „Bella, geh'n wir Gassi?" Fragte er die Hündin, die faul in ihrem Körbchen schlummerte. Bellas Ohren stellten sich auf, als sie ihren Namen hörte, kaum war das Wort Gassi gefallen, sprang sie aus ihrem Korb heraus und schwänzelte, bellend um Cody herum. „Na du verstehst jedes Wort hm? Bist ein schlaues Mädchen! Na komm, geh`n wir." Bella führte Cody, über 2 Stunden durch die Gegend und zeigte ihm ihre Lieblingsplätze. Cody war fix und fertig, als er zu Hause eintraf. Stacy, die kurz zuvor heimgekommen war, kam ihm lachend entgegen, als sie ihn sah. „Hallo Herr Grell, du siehst ganz schön geschafft aus, hat sie dir den langen Weg gezeigt? Tja mein Lieber, wenn du mit unserer Bella mithalten willst, brauchst du Kondition!" Stacy lächelte Cody verführerisch an, während sie ihre Arme durch seine hindurch schob und ihn umarmte. Er hatte einen knallroten Kopf, den er neckend zur Seite legte und sie übertrieben ausgepowert ansah. „Ja meine Heldin, du hast recht! Kannst du bitte das Training übernehmen?" Er legte einen unschuldigen

Dackelblick auf. „Es wäre mir eine Ehre, hübscher Mann!, nun halte endlich deinen Mund und küss mich!", forderte sie ihn im gespielt herrischen Ton auf und streckte ihm ihre spitz geformten Lippen entgegen. „Ah, du willst küssen, du heißer Feger? Dann komm doch hoch und hol dir einen ab" er stellte sich extrem aufrecht hin und schaute sie, ohne den Kopf nach unten zu beugen, nur mit runter rollenden Augen an. Stacy nahm die Herausforderungen an, sie drehte sich um und ging vier Schritte weg. Cody blieb still stehen, er wusste nicht, was sie vorhatte, aber er dachte sich, dass da noch was kommen wird. Stacy drehte sich auf dem Absatz herum und rannte mit Schwung auf ihn zu, sie sprang ab und hüpfte zu Cody hoch, schnell umklammerte sie seine Hüften mit ihren Beinen. Ohne ein weiteres Wort zu verlieren, küsste sie ihn sehnsüchtig. Cody wurde es heiß, seine Zehenspitzen beugten sich nach oben, er hatte Mühe, sich zurückzuhalten, um sie nicht gleich im Garten zu vernaschen! „Oh Babe, du machst mich scharf wie Nachbars Lumpi.", hechelte er kurz hervor, bevor er sie weiter küsste. Stacy zerzauste ihm übermütig sein Haar. „Nix da mein Lieber, lass mich runter, ich habe Döner mitgebracht, jetzt wird erst einmal gegessen!" „Hm, und dann?", fragte er sie mit einem Blick, der es ihr schwer machte, ihm nicht wieder gleich um den Hals zu fallen. Sie zwinkerte ihm zu „schauen wir mal, kommt drauf an." „Worauf?" „Was du mir zu bieten hast." Sie streckte ihm die Zunge heraus und rannte davon. Cody zögerte nicht lange und rannte ihr hinterher. Schnell hatte er sie eingeholt. Stacy stieß einen Schrei aus und lachte ausgelassen, als er sie schnappte und sie wieder auf seine Arme nahm. Er konnte sich nicht länger beherrschen, mit einem Tritt, stieß er die Tür auf, schnurstracks trug er sie ins Schlafzimmer. In hohem Bogen warf er sie aufs Bett, riss sich seine Kleider vom Leib und hüpfte auf sie. Stürmisch zog er sie aus, er küsste sie und massierte ihre Brüste. Stacy zog ihn zu sich, sie drehte sich um, sodass sie mit ihrem Kopf, in Richtung zu seinen Füßen lag. Cody griff zwischen ihre Beine, Stacy stöhnte auf! Sie war unglaublich erregt! Sie sah Codys strammen Schwanz, sie sehnte sich danach, ihn in ihren Mund zu nehmen. Cody massierte ihren G-Punkt, Stacy war kaum imstande sich zu beherrschen. Sie beugte sich lustvoll nach vorne und umklammerte Codys Penis, mit ihrem Mund. Cody stieß einen genüsslichen Seufzer aus, das erregte Stacy umso mehr, sie bewegte ihren Kopf hoch und runter und nahm ihre Hände noch dazu. Cody war schier am Durchdrehen! Er war nicht mehr imstande sie weiter zu massieren ... „Schatz du machst mich verrückt, wenn du nicht aufhörst, komme ich in deinem Mund!", hechelte er. Stacy wollte wissen, wie das war, heftiges Verlangen kam in ihr auf, sie legte es darauf an, dass er in ihrem Mund kam! Sie saugte fester an seinem strammen Schwanz, sie glühte vor Lüsternheit, dann war es soweit! Cody stöhnte ungehemmt auf, sein Schwanz wurde noch praller, bevor er sich in ihrem Mund entlud. Stacy nahm ihn tief in ihren Schlund und schluckte genüsslich den Saft seiner Begierde, sie schleckte selbst den letzten Tropfen genussvoll ab. Das war eine Erfahrung, die ihr bestätigte, dass sie den Mann ihres Lebens gefunden hatte! Cody zog seine Braut zu sich hoch, er nahm ihr Gesicht zwischen seine Hände und sah sie mit einem Blick an, der ihr klar machte, dass sie alles war, was er sich wünschte! Stacy sah die Leidenschaft, die er für sie empfand, in seinen Augen. Sinnlich lehnte sie sich ihm empor und sie küssten sich innig. „Ich Liebe dich so sehr Stacy! Du hast mir alle Sinne geraubt! Ich schwöre bei Gott, ich werde dich nie mehr loslassen!" Stacy legte sich auf ihn, sie kuschelte sich eng an ihn und spürte, dass er schon wieder bereit war. Sie setzte sich auf ihn und bewegte langsam ihre Hüften. Cody hob sie ein Stück hoch und drang sachte in sie ein. Stacy schrie Lüstern auf, nun wollte auch sie zu ihrem Höhepunkt kommen! Sie übernahm den Rhythmus, kurz darauf erreichten sie gemeinsam das Ziel ihrer Begierde. Stacy blieb noch auf ihm sitzen, sie genoss es, ihn in sich zu spüren. Allein ihre Gedanken, entlockten ihr einen weiteren Orgasmus! Cody sah sie überrascht an, sie musste lachen. „Da siehst du, was du mit mir machst ..."

Erschöpft legte sie sich neben ihn in seine Arme. Atemlos sprach sie: „Das war unglaublich! Du bist unglaublich!" „Du bist der waaahnsinn! Ich liebe Dich!" Erwiderte er, er griff ihre Hand und drückte sie fest. „Ich lieb dich auch Cody!" Sie waren beide so außer Atem, dass sie flach auf dem Rücken lagen und nach Luft hechelten. Sie kuschelten sich aneinander und tauschten ihre Gedanken über ihre gemeinsame Zukunft aus.

„Dein Anwesen ist ein Traum Schatz, allerdings zu klein, wenn wir alle hier Platz haben wollen. Was hältst du davon, wenn wir ein neues Haus da drüben aufbauen? Ich habe mir schon Gedanken gemacht und einen Plan erstellt." „Ach das bedeutet die Skizze in der Küche, ich habe mich schon gefragt, was das ist, als ich sie gefunden habe." „Wollen wir aufstehen und ich kläre dich über meine Gedanken auf und du sagst mir, was du davon hältst?" „Gute Idee, ich bin dabei!" Stacy gab Cody einen flüchtigen Kuss und sprang mit einem Satz aus dem Bett. Cody schaute ihr pfeifend hinterher. „Ich hüpfe schnell unter die Dusche, bin gleich fertig." „Mhm duschen, soll ich mitkommen?" „Wenn wir heute noch etwas anderes machen wollen außer zu Vögeln, dann besser nicht, du hast schon wieder eine Latte, du bist ja unersättlich.", scherzte sie mit gewitzten Unterton „du bist schuld! Warum wackelst du auch so aufreizend vor mir herum? Ich kann einfach nicht genug von dir bekommen!" Stacy ging noch mal zurück zu Cody, sie kniete sich neben ihm aufs Bett und gab ihm einen leidenschaftlichen Kuss. Cody griff gleich wieder nach ihren Möpsen. Lachend hielt sie seine Hände fest. „So sehr es mir auch gefällt, mit dir zu schlafen, aber…" schon hatte er sie wieder aufs Bett gezogen und sich auf sie gelegt. Stacy könnte sich wehren, aber auch sie war machtlos gegen ihre Gefühle. Zart drang er erneut in sie ein, diesmal schliefen sie durchweg behutsam miteinander, jeder Stoß, jede Liebkosung, war sanft und sinnlich, ihre Empfindungen waren voller Liebe. Fünfzehn Minuten später legte er sich abgeschlagen neben sie und nahm sie fest in seine Arme, es war absolut still, außer ihrem Atem war nichts zu hören. Die Dusche konnte warten! Arm in Arm sind sie erschöpft miteinander eingeschlafen.

Kapitel 12

Stacy saß mit einem Kaffee bewaffnet am Tisch und schaute sich, aufmerksam die Pläne an, die Cody gezeichnet hatte. Cody stand plötzlich hinter ihr. „Hallo, du warst weg, als ich aufgewacht bin, bist du schon lange auf?" „Guten Morgen Schlafmütze, oder besser guten Abend. Hast du gut geschlafen? Ja, ich bin schon ne halbe Stunde auf, ich seh mir grade deine Pläne an, möchtest du auch ein Kaffee?" „Ja gerne, was sagst du zu meinen Ideen?" „Nicht viel, ich kann sie drehen und wenden wie ich will, ich kann nix erkennen, ich weiß, ich bin zu blöd, um Pläne zu lesen." „Mhm, danke für den Kaffee Maus! Quatsch! Du bist nicht zu blöd, komm her, ich erkläre sie dir." Stacy setzte sich neben ihn und hörte gespannt zu, jetzt gab alles einen Sinn! „Schau, ich dachte, hier machen wir die Terrasse, von der man direkt ins Wohnzimmer mit offener Küche gelangt. Hier gehts zum Flur, nach links ins Schlafzimmer, da kommt's Badezimmer hin, nebenan deine Speisekammer, daneben der Heizraum. Da gehts raus und hier gehts in den 1. Stock. Oben kommen zwei Kinderzimmer, ein Badezimmer, ein Waschraum und noch ein Zimmer, das wir als Büro oder Arbeitszimmer nutzen könnten. Hier kommt eine Klappe mit ausziehbarer Treppe, zum Speicher hin. Den könnten wir als Abstellraum nutzen oder ausbauen." „Wow, das hast du alles gut durchdacht!" „Warte, es geht weiter, wenn du die Haustür raus gehst, kommt ein überdachter Sitzbereich, wo wir uns geschützt hinsetzen können, wenn die Sonne brennt, oder es regnet. Und genau gegenüber von dem Haus, kommt eine Doppelgarage und oben drüber, meine Werkstatt. Den Gartenbereich, legen wir dann ganz nach deinen Wünschen an. Was sagst du?" Stacy runzelte die Stirn, seine Ausführung und Ideen waren Perfekt! Aber was würde so ein Riesen Projekt wohl kosten? „Cody, das hört sich echt super an, ich kann es mir bildlich vorstellen, aber das wird teuer! Wer soll das bezahlen? Ich habe das Geld nicht." Sie sah ihn bedrückt an. „Wir haben noch nie darüber geredet, was arbeitest du eigentlich?" „Schatz, mach dir keine Gedanken um das Geld! Stimmt, du weißt ja noch gar nicht, was ich von Beruf bin und was ich arbeite. Ich bin selbstständig, habe ein Baggerunternehmen und habe schon den einen oder anderen Groschen auf der Seite. Also entspann dich! Wichtig ist, gefällt dir mein Plan? Wärst du mit dem Umbau einverstanden?" Sie sah ihn mit großen Augen an, was hieß der eine oder andere Groschen? Vorsichtig hakte sie nach. „Bist du reich oder so? Ich meine, so ein Projekt wirst du nicht unter mindestens 3 - 400 000 € rocken können." „Schatz, wir heiraten, du sollst alles von mir wissen, so wie ich, auch alles von dir wissen möchte. Wir gehen morgen zur Bank, da lassen wir ein gemeinsames Konto einrichten. Dann müssen wir den Hochzeitstermin setzen, und unsere Unterlagen aufeinander abstimmen, es kommt einiges auf uns zu. Wie gesagt, mach dir keine Gedanken ums Geld, von nun an hast du mich an deiner Seite und ich kümmere mich darum, dass die Finanzen stimmen, okay?" „Wenn das so ist, dann leg los, lass uns unser Nest bauen" sie zwinkerte ihm zu. Er war stolz, dass ihr sein Plan gefiel und sie ihm blind vertraute.

Die Zeit verging wie im Flug, das Haupthaus war nach fünf Monaten fertig. Stacy war überglücklich, noch bevor sie verheiratet waren und die Zwillinge geboren wurden, konnten sie in ihr Neues Haus einziehen. Von da an hatten sie Zeit, um sich ausschließlich um ihre Hochzeit zu kümmern. Cody wollte, dass es seiner Frau an nichts fehlte, sie sollte ihre Märchenhochzeit, von der sie immer geträumt hatte, bekommen! Er verbündete sich mit ihrer Mutter und plante gemeinsam mit ihr hinter dem Rücken von Stacy, ihren großen Tag. Francis kannte Stacys geheimen Wünsche und Cody setzte sie um. Es gab nichts, das er ihr nicht erfüllen wollte! Er plante alles bis ins kleinste Detail, doch dann kam alles anders als erwartet. ...

Der Hochzeitstag, war gekommen. Francis hatte alles, was ihr aufgetragen wurde, für den großen Tag, arrangiert. Die Hochzeitstorte hat sie selber gemacht, das ließ sie sich nicht nehmen. Ebenso achtete sie auf die Tradition, was Blaues, Rotes, Neues und Geborgtes. Sie wollte nichts dem Zufall überlassen, schließlich ging es um den schönsten Tag, im Leben ihrer einzigen Tochter. Bei der Dorfschneiderin hatte sie das Hochzeitskleid abgeholt und bei Stacy abgeliefert. Die Ringe, vom Juwelier besorgt und ihrem Mann überreicht und einen Tisch im Restaurant bestellt. Francis hatte alle Hände voll zu tun. ...

Stacy und Cody, planten, im kleinsten Kreis zu heiraten. Die Braut fühlte sich Fett und wollte keinen Stress. Die Zwillinge, entwickelten sich prächtig! Sie schienen regelmäßige Boxkämpfe in Stacy zu veranstalten, was sie ordentlich schlauchte. Man konnte deutliche Dellen und einen wackelnden Bauch erkennen. Cody unterstützte seine Frau, so gut es ihm möglich war, er tat alles, um ihr die Hochzeit so angenehm wie möglich zu machen. Der Bau des Hauses, hatte sie zu lange aufgehalten! Sie beschlossen zuerst mit ihrem Heim fertig zu werden, bevor sie sich das Ja Wort geben, deshalb war die Hochzeit erst jetzt, ... im achten Monat ihrer Schwangerschaft. Was sie mittlerweile bereuten, da jeder Tag beschwerlicher für Stacy wurde. Dennoch war es keine Option, erst nach der Geburt der Kinder zu heiraten. Einfach nur mit den Eltern und den Trauzeugen zum Standesamt und essen gehen, das reichte! ... Die kirchliche Trauung, wollten sie nachholen, dann sollte Stacy ihre Traumhochzeit bekommen.   Die Hochzeitsreise jedoch war ihr Highlight, die wollten sie für nichts auf der Welt aufgeben! Wer weiß wann es mit den Zwillingen wieder einmal möglich war zu reisen.

„Leon, trödel nicht so rum!, sonst heiratet unsere Tochter, noch ohne uns." „Reg dich nicht auf Francis, ich bin ja schon fertig, ohne uns heiraten die nicht, keine Sorge! Ich habe nämlich die Ringe! – er lachte amüsiert - auf gehts, übergeben wir unsere Tochter, ihrem Traumprinzen."

Stacy wartete zu Hause, ungeduldig auf ihre Eltern, die sie abholen wollten, um sie an Cody zu übergeben. Mit jeder Minute, die verging, wurde sie nervöser. Cody wartete bereits am Standesamt, damit sich seine Braut für ihn hübsch machen konnte. Auch er war aufgeregt, er tänzelte die ganze Zeit vom einen auf das andere Bein. Die Zeit schien still zustehen, es war, als stünde er seit Stunden da und niemand kam ... Stacy bestand darauf, dass Cody oben auf sie wartete, er sollte sie erst unmittelbar vor ihrer Trauung zu sehen bekommen und nun ließen sich die Eltern soviel Zeit.

....

Leon war überwältigt, als er sein einziges Kind sah. „Du bist so wunderschön, meine kleine! Komm her, lass dich umarmen. Ich hab dich so lieb! Auch wenn du heute heiratest Liebling, egal was, egal wann, wenn du uns brauchst Denke daran, wir sind immer für dich da!" Francis war nicht in der Lage etwas zu sagen, sie war so vom Anblick ihrer Tochter berührt, dass sie mit ihren Tränen zu kämpfen hatte. „Danke Papi! Ich weiß, dass ihr immer für mich da seid. Aber ich denke, Cody wird sich gut um mich kümmern und mir jeden Wunsch von den Lippen ablesen. Wir sollten jetzt aber wirklich losgehen, bevor er es sich noch mal anders überlegt." Sie zwinkerte ihrem Vater glücklich zu. „Bella, Mädchen komm her, du darfst mit gehen, pst, du musst mir helfen, -flüsterte Francis, Bella zu-komm, du musst ein weißes Tuch anziehen, damit du hübsch für die Hochzeit bist." Bella setzte sich mit einem Wau Wau vor Francis und ließ sich bereitwillig anziehen.

Der Hochzeitsmarsch erklang, Cody blickte aufgeregt zur Tür. Als er Stacy erblickte, strahlte er übers ganze Gesicht. Langsam führte der Brautvater seine Tochter, im Takt der Musik zum Altar, dort übergab er sie strahlend an den Bräutigam und sprach leise, „Pass gut auf mein Mädchen auf, versprich mir das!" „Versprochen!", antwortete er kurz und bündig, er wollte endlich Stacy zur Gemahlin nehmen. „Du bist so traumhaft schön mein Schatz! Du siehst aus wie eine

Prinzessin!" „Danke!, auch wenn das nicht stimmt, ich sehe aus wie eine Schneekugel. Aber Du siehst sehr gut aus, mein Schatz, so elegant! Ich liebe dich!" „Ich dich auch! Jetzt wird geheiratet ok?" „Okay!"

„Wie in einem Märchen, habt ihr euch kennengelernt, habt euch gesehen und euch direkt ineinander verliebt. Hättet ihr euren Start, in einem Film gesehen, würdet ihr sagen, so ein Kitsch, so etwas gibt es nicht! Aber es war kein Film, ihr habt euch nicht gesucht, aber dennoch gefunden! Ihr wart so fasziniert voneinander, dass ihr sogar vergessen habt, euch vorzustellen, und so kam es, wie es kommen musste. Durch einen blöden Unfall habt ihr euch zwar aus den Augen verloren, aber nie aufgegeben. Durch Zufall habt ihr euch drei Monate später wieder gefunden und euer Feuer ist sofort wieder aufgeflammt! Als ihr schließlich noch erfahren habt, dass ihr in absehbarer Zeit zu viert sein werdet, wart ihr überglücklich! Was Gott zusammenfügt, soll der Mensch, nicht trennen! Deshalb Frage ich dich Cody Grell, ist es dein freier Wunsch die hier anwesende Stacy Lugner, zu deiner Ehefrau zu nehmen? Willst du sie beschützen, ehren und lieben, bis dass der Tod euch scheidet? Dann antworte mit ja." Cody sah seiner wunderschönen Braut, strahlend in die Augen. Fest entschlossen antwortete er: „Ja ich will, von ganzem Herzen!" „Stacy Lugner, nun Frage ich auch dich im Namen Gottes, ist es dein freier Wunsch den hier anwesenden Cody Grell, zu deinem rechtmäßigen Ehemann zu nehmen? Willst du ihn lieben, ehren und versorgen, in guten und in schlechten Zeiten, bis dass der Tod euch scheidet? Dann antworte auch du mit ja." Stacy liefen vor Glück die Tränen, klar und deutlich antwortet sie: „Ja ich will, mit jeder Faser meines Herzens!" „Die Ringe Bitte." Bat der Standesbeamte. „Bella Lauf zu Stacy, bring die Ringe." Schickte Francis die Hündin zum Altar. Stacy war gerührt, damit hatte sie nicht gerechnet! Sie nahm die Ringe in Empfang, gab die Schatulle ihrem Vater, der neben ihr stand. Er öffnete sie und hielt sie zu Cody gerichtet. „Bitte reicht euch die Hände, Cody, nimm den Ring und stecke ihn Stacy, als Symbol deiner Liebe an den Finger. Sprich mir nach. Mit diesem Ring nehme ich dich, Stacy, zu meiner Ehefrau. Ich werde dich lieben und ehren, solange ich lebe!" Cody steckte Stacy ihren Ring an. Er strahlte, wie ein Honigkuchenpferd. „Stacy, nimm den Ring und stecke ihn, Cody, als Symbol deiner Liebe an den Finger. Sprich mir nach. Mit diesem Ring nehme ich dich. Cody, zu meinem Ehemann. Ich werde dich lieben und ehren, solange ich lebe!" Stacy steckte Cody den Ring an. „Es ist beschlossen! So soll es sein! Kraft meines verliehenen Amtes, erkläre ich euch hiermit, zu Mann und Frau, ihr werdet fortan den von euch gewählten Namen, Grell tragen. Cody, du darfst die Braut jetzt küssen." Das ließ er sich nicht zweimal sagen! Sanft drückte er seine Lippen auf ihre und küsste sie innig.

Kapitel 13

„Cody! Jetzt sag mir endlich, wo wir hinfahren, bitte! Ich bin deine Frau, du darfst keine Geheimnisse vor mir habe! Außerdem, was soll ich einpacken?, ich weiß nicht, ob ich warme oder kalte Sachen brauche!" Stacy blickte Cody flehend an. „Biiiittteeee" er musste lachen, nun war es ihm nicht länger möglich, seine Überraschung für sich zu behalten. „Ach, du spielst gleich am ersten Tag die Hochzeitskarte aus? – er sah sie gespielt, mit gehobenem Zeigefinger, streng an. – Komm mit, ich zeige dir was." Er führte sie hinter das alte Gartenhaus, sie konnte nicht fassen, was sie da stehen sah! Freudig schlug sie ihre Hände vors Gesicht. „Cody, das ist nicht dein Ernst!, ein Wohnmobil." Mit einem gewaltigen Sprung sprang sie in seine Arme. Sie schmatzte ihn im ganzen Gesicht ab. „Gefällt es dir?", stellte er die überflüssige Frage. „Also, wenn du das nicht gemerkt hast, dann kann ich dir nicht helfen, diese Frage lasse ich offen stehen, vielleicht kommst du irgendwann von selber drauf."

Sie streckte ihm die Zunge heraus, öffnete das Wohnmobil und sah sich begeistert darin um. Aus ihren Gesprächen wusste er, dass sie in der Kindheit, immer mit ihren Eltern Campen war und es geliebt hat. „Dummerchen! - nannte er sie scherzhaft - klar weiß ich, dass du das Campen liebst, das war ja auch nicht die Frage! Die Frage bezog sich auf die Idee, mit dem Wohnmobil auf Hochzeitsreise zu gehen. Oder würdest Du lieber nach Haiti, Dubai oder so. ….“ Stacy unterbrach ihn, indem sie ihn küsste, sie küsste ihn so innig, dass er direkt wieder erregt war. Er konnte seinem Verlangen nach ihr, kaum widerstehen! Er führte sie in das Bett im Wohnmobil, behutsam legten sie sich hin. Verliebt schaute er ihr in die Augen. „Frau Grell, es wird Zeit, dass wir unsere Ehe vollziehen!“ Sie sah ihm verliebt in die Augen und nickte ihm erregt zu. Leidenschaftlich küssten sie sich, bevor er sie am ganzen Körper streichelte, sie auszog, sich hinter sie legte und sachte in sie eindrang. Mit leichten rhythmischen Bewegungen erreichten sie gemeinsam ihren ersten Höhepunkt als Herr und Frau Grell. Sie hatten ihr neues Wohnmobil, einweiht. Geschafft lagen sie nebeneinander. „Boah Cody, dass das in meinem Zustand noch funktioniert ... es war unglaublich schön! Ich Liebe den Sex mit Dir! Du bist unglaublich sanft und einfühlsam! Ich Liebe dich!“ Sie sah ihn mit solch einem verliebten Blick an, dass er gerade so dahinschmolz. „Ich dachte schon, dass wir, sobald der Bauch wächst, keinen Sex mehr haben werden, aber du hast mir gezeigt, das es auch andere Arten gibt. Du kleiner Nimmersatt hast mir gleich den Wind aus den Segeln genommen und mir auf den Kopf zugesagt, dass es genug andere Stellungen gibt, in der der Bauch nicht stört. Du hattest absolut recht damit!" Sie kuschelte sich eng an ihn. Er war stolz, und heilfroh, dass er eine Frau gefunden hatte, die nicht nur unglaublich sexy, schlau und eine hervorragende Köchin war, sondern auch seine sexuellen Wünsche in jeder Lebenslage erwiderte. Cody legte seinen Kopf auf ihren Bauch und horchte, ob die Zwillinge irgendwelche Töne von sich gaben. Er presste seine Lippen auf ihren Bauch und sprach: „Hey Hanni und Nanni, hört ihr mich? Habt ihr was dagegen, wenn die Mami und ich, weiterhin miteinander schlafen?" Schnell legte er sein Ohr wieder auf den Bauch, als könne er die Antwort verpassen. Mit rollenden Augen sah er Stacy an. „Und was sagen sie? Haben wir ihre Erlaubnis?", fragte sie gespannt, als ob sie wirklich geantwortet hätten. „Ja, das ist nicht so einfach, die eine schreit, solange du mir nicht ins Auge sticht und die andere, will den Sabber nicht im Ohr haben." Er schaute Stacy an, als würde sie glauben, was er da erzählt hat. Stacy konnte sich nicht halten, sie fing laut an zu lachen. „Na wenn das so ist, dann Pass auf, wohin du schießt!" Cody lag verträumt neben ihr und fragte: „Schaaatz, was hältst du davon, wenn wir nach Kroatien fahren und uns die Wasserfälle anschauen, dorthin wo die Winnetoufilme gedreht wurden? Du weißt, ich bin ein Klippenspringer. ... Mich würde das sehr interessieren, aber wir sind jetzt verheiratet! - betonte er ganz stolz. - Das heißt, wenn wir etwas zusammen Unternehmen, dann muss es uns beiden gefallen, alles andere kann man alleine oder mit Freunden machen oder?" „Finde ich auch! Lass uns unsere gemeinsame Zeit, immer genießen, da bin ich auch für. Kroatien wäre super! Ich würde gern viel mehr sehen von diesem Land außer nur die Wasserfälle." Er hob seine Hände bremsend vor sie. „Hohoho, mach mal langsam, du bist jetzt im achten Monat, die Rundreise machen wir dann, wenn die Zwillinge da sind, okay?" Er hielt ihre Hände in seinen und spielte mit ihren Fingern. Sie setzte sich auf. „So, ich probiere gleich mal die Dusche aus, ob sie geht." „Da wirst du kein Glück haben Schatz, da ist noch kein Wasser aufgefüllt!" „Schade! Na ja, geh`n wir schnell rüber, wenn du willst, darfst du mit mir duschen." Sie zwinkerte ihm neckisch zu. ...

Cody, war dabei die Koffer zu verstauen, die Stacy endlich fertig packen konnte, weil sie das Reiseziel kannte. Dreißig Minuten später, saßen sie mit Bella im Wohnmobil und starteten in ihre Hochzeitsreise. Schon auf der Fahrt nach Kroatien, gab es so viel zu sehen, dass Cody öfter anhielt und sie mit Bella spazieren gingen. Sie machten sich keinen Stress, durch das, wo sie mit dem Wohnmobil gefahren sind, waren sie nicht ortsgebunden und konnten sich alles, was ihnen gefiel, in Ruhe ansehen. „Schau Stacy, ist dieser See nicht traumhaft?" „Ja wunderschön! Dieser Wasserfall und schau, wie alles glitzert." Sie kamen zu einem Schild „Plitvicer Seen" sie waren an einem der Wasserfälle, aus den Winnetoufilmen, angekommen. Sie waren begeistert! „Ich wusste nicht, dass wir schon da sind, ich dachte, das dauert noch ewig." „Tja Liebling! Du hast mindestens 6 Stunden geschlafen, ich bin durchgefahren, weil ich dem Stau entkommen wollte. Wir haben Kroatien schon lange passiert." Er lächelte sie an, erst jetzt fielen ihr seine müden Augen auf. „Was? Du bist verrückt! Jetzt bist du k.o. und ich fit, du musst dich auch etwas ausruhen!" „Mach dir kein Kopf, das machen wir doch gerade. Wir bleiben heute hier, schauen uns noch ein paar Seen an, morgen fahren wir dann weiter in den Krka-Nationalpark. Bin mal gespannt, was da los ist." Es war mitten in der Nacht, als Stacy, Cody weckte. „Cody, bist du wach?" „Hm?" „Bist du waach?", fragte sie noch mal. „Jetzt schon, was ist los? Komm, leg dich in meinen Arm und Schlaf noch ne runde." Er streckte ihr seinen Arm entgegen. „Codyli" „Oh Stacy, was ist denn? Ich bin müde!" „Ich glaube wir müssen heim!" Jetzt war der schläfrige Cody, mit einem Mal wach. „Was ist los?

Gehts dir gut? Ist was mit den Zwillingen?" Seine Stimme, überschlug sich fast, besorgt sah er seine Frau an. „Ich weiß es nicht, vielleicht ist es ja nichts, aber mir wäre wohler, wenn das mein Arzt sagt. Ich habe, so ein komisches ziehen im Bauch." Mit einem Satz sprang der besorgte Vater, aus dem Bett. Während er sich anzog, fragte er sie unentwegt, nach ihrem Zustand, er war so sehr aufgeregt, dass sein Mund keine 2 Sekunden stillstand. Stacy musste lachen. Cody blieb abrupt stehen und sah sie fragend an. Er wusste nicht, woran er im Moment war! „Was jetzt? Heim oder nicht Heim? Hast du Schmerzen oder nicht? Hör auf, so blöd zu lachen! Ich Dreh hier schier am Rad, weil ich mir Sorgen um dich mache!" Cody warf ihr einen verärgerten Blick zu. „Bleib ruhig! Ich habe keine Schmerzen, nur ein komisches ziehen, ich war noch nie schwanger! Ich hab auch keine Ahnung! Vielleicht war das nicht wirklich der beste Zeitpunkt für unsere Hochzeitsreise?" Sie sah ihn traurig an. „Mhm, ja, möglicherweise hast du recht, wir machen uns fertig und fahren heim! Wir waren jetzt zwar nur kurz in Kroatien, aber es war schön! Ich verspreche dir mein Schatz, wir kommen noch mal hierher, gemeinsam mit Hanni und Nanni." Er blinzelte ihr tröstend zu, schloss seine Hose und zog seine Schuhe an. Stacy sah ihn mit zusammengekniffenen Augen an. „Was ist? Warum schaust du mich so komisch an?" „Warum sagst du immer Hanni und Nanni? Du weißt doch gar nicht, ob es zwei Mädchen werden, das ist der erste Punkt, zweitens, wieso Hanni und Nanni?, ist das wirklich dein Ernst?" Ungläubig schüttelte sie ihren Kopf. Cody lachte, „klar! - veräppelte er sie- Quatsch, ich sag, dass nur so, weil es unsere Zwillinge sind und wir uns noch nicht über ihre Namen unterhalten haben. - er schaute sie schief an und ergänzte - findest du das schlimm?, ich finde es schön, jetzt schon ein Bezug zu unserem Nachwuchs zu bekommen, und das geht eben besser, wenn ich sie mit Namen anspreche. Verstehst du das?" „Klar! Du hast völlig recht! Wenn wir zu Hause sind, überlegen wir uns Namen okay?" Sie biss auf ihrer Unterlippe herum und ärgerte sich im Stillen darüber, dass nicht sie auf die Idee mit den Namen gekommen war. Trotzdem freute sie sich wiederum, dass sich Cody genauso auf die Kinder freute wie sie! Cody fuhr wieder durch, ohne Pause. Da sie eine Toilette im Wohnmobil hatten, war das kein Problem, auch nicht für schwangere. Es war kurz vor acht Uhr, als sie zu Hause ankamen. Er ließ sich nichts anmerken, aber er war Hundemüde. Seine Frau hatte genau wie schon auf der Hinfahrt, auf dem Beifahrersitz geschlafen. Sie war quickfidel und ging tatsächlich davon aus, dass es Cody genauso ging. „Codyli" „hm?" „Es ist ja noch früh, wollen wir shoppen geh'n?" Sie sah ihn an, wie ein kleines Mädchen ihren Vater ansah, wenn sie was wollte. Sein Blick, den er ihr zuwarf, war nicht von

Freude gekrönt. „Warum schaust du mich so an?, bist du sauer auf mich?" Er konnte sich nicht länger zurückhalten „Nein Stacy, ich bin nicht sauer! Ich wundere mich nur gerade über deine Rücksichtslosigkeit!" Sie sah ihn verständnislos an, wovon sprach er? „Wieso sagst du so etwas? Ich bin mir keiner Schuld bewusst! Wenn du ein Problem hast, dann sprich nicht um den heißen Brei herum! Ich kann nämlich, keine Gedanken lesen, weißt du?" Sie drehte sich auf dem Absatz herum und ließ ihren verdutzten Ehemann, mit Tränen in den Augen, stehen. Cody bekam ein schlechtes Gewissen, hatte er womöglich doch überreagiert?, schließlich ist sie schwanger ... Er ging seiner Frau hinterher, als er hinter ihr stand, legte er seine Arme, von hinten, über ihren Bauch und sprach: „Es tut mir leid Schatz! Womöglich sind meine Hormone mit mir durchgegangen." Er drehte sie zu sich um, und küsste sie sanft auf ihre Stirn. „Deine Hormone?", fragte sie mit einem verwirrten Gesichtsausdruck. „Ja meine! Ich bin schließlich auch schwanger! Ne, Spaß beiseite, ich bin unglaublich Müde, ich habe in den letzten drei Tagen, wenn's hochkommt, vielleicht sechs Stunden Schlaf zusammengebracht. Als du mich, jetzt nach Shoppen gefragt hast, ist der Gaul mit mir durchgegangen! Sorry mein Liebling." „Tut mir auch leid Cody! Ich habe wirklich nicht wahrgenommen, dass du weniger geschlafen hast als ich, kannst du mir verzeihen?" Er drückte sie fest an sich. „Natürlich mein Schatz! Willst du mit mir ins Bett gehen?" Stacy schaute ihn fragend an „nicht, was du denkst!, dazu bin ich wirklich zu Müde, ich möchte einfach nur Schlafen!" „Da bin ich mir nicht so sicher! Wenn ich dich anfasse, - sie griff zwischen seine Beine - ob du mir dann widerstehen kannst" sie blinzelte ihm provozierend zu. „Weißt du was, - er nahm ihre Hände, aus seinem Schritt, er konnte nicht verhindern, dass seine Erektion, seine Hose ausbeulte - du hast recht! Wenn du mich scharf machst, werde ich auf dich steigen! Ach scheiß drauf, komm her du geiles Weib!" Er schnappte sie und zog sie zu sich, sie küssten sich gierig! Er zog ihr, während er sie sanft ins Schlafzimmer schob, ihre Bluse und ihren BH aus, im Schlafzimmer angekommen, zog er ihr, ihre Hose aus und drehte sie um, mit dem Rücken zu sich. Er öffnete seine Hose und ließ sie nach unten rutschen. Er war so aufgegeilt, dass er sich nicht mal die Mühe machte, sie ganz auszuziehen. Sanft beugte er Stacy nach vorne, erregt massierte er mit der einen Hand ihre Brust, mit der anderen, nahm er seinen steifen Schwanz und schob ihn sanft in ihre feuchte Muschi. Stacy schrie erregt auf, sie beugte sich noch etwas weiter vor, um die volle Pracht seines Schwanzes, der sich so hart wie Stahl anfühlte, in sich zu spüren. Cody war nicht mehr zu halten, Stacy machte ihn so verrückt, dass er sie fest an ihren Hüften umklammerte und schnell und tief in sie eindrang. Mit lautem Gestöhne schoss er seine komplette Ladung in ihr ab. Er presste sie nochmals fest an sich, um auch den letzten tropfen, zuckend in ihr zurückzulassen. Nachdem er völlig entleert war, streichelte er noch mal sanft über ihre Brüste, gab ihr einen Klaps auf ihren Hintern und zog sie zu sich hoch. Sein Schwanz, steckte noch immer in ihr. Stacy spürte, wie seine Schwellung nachließ. „So, jetzt bist du mein gefülltes Huhn! Jetzt husch husch, ins Körbchen, jetzt hab ich mir meinen Schlaf aber wirklich verdient, oder?", Scherzelte er lachend „Ja das hast du, mein geiler Hengst! Das war der Grell(e) Wahnsinn!, jetzt sind wir beide Grell, gell.", scherzte sie mit einem Wortspiel. Sie küssten sich nochmals innig, bevor Stacy das Schlafzimmer verließ und Cody endlich seinen wohlverdienten Schlaf bekam.

Kapitel 14

Cody, wurdc ganz blass, Stacy quetschte ihm Schier seine Hand kaputt. „Ja, noch einmal fest pressen, dann haben wir das Erste. - ja da haben wir es. Hallo, herzlich willkommen auf der Erde kleiner Mann! Herr Grell, wollen sie die Nabelschnur durchtrennen? Ah, da kommt auch schon das Nächste! Jetzt, pressen, pressen, pressen. Jawohl, da haben wir Nummer zwei! Herzlichen Glückwunsch, es ist ein wundervolles, kleines Mädchen. Die Schwester kümmert sich jetzt um die Zwillinge, dann bringt sie sie zu ihnen. Das haben sie toll gemacht! Wir sehen uns auf der Station." Der Arzt verließ den Kreißsaal. Cody küsste Stacy überglücklich ab. „Cody, ich bin fix und fertig! Guck mal, wo die Zwillinge bleiben." Cody lief rüber zu der Schwester, die dabei war, die Babys zu baden. „Wollen sie mir helfen?" „Und ob ich will!" Vorsichtig nahm Cody den Buben hoch, der schon fertig untersucht, gewaschen und angezogen war. „Mein Sohn!" Er war gerade im Begriff, mit ihm zu Stacy zu gehen, doch die Schwester hielt ihn zurück. „Ihre Frau ist eingeschlafen, gönnen wir ihr eine kurze Pause, so ne Zwillingsgeburt auf normalem Weg, ist äußerst strapaziös! Wir machen die Babys fertig, dann können sie sie zu ihrer Mutter ins Zimmer bringen." Cody öffnete freudestrahlend die Zimmertür „schau mal, wen ich dir hier bringe, willst du zur Mami mein kleines Scheißerchen?" „Hallo, endlich! Ich bin eingeschlafen, war ich lange weg?" „Nein, maximal 10 Minuten. Bitteschön, darf ich vorstellen, Christian und Stefanie, Mami" er übergab die Babys nacheinander an Stacy. Die sie direkt zum Stillen anlegte. Das junge Paar, strahlte um die Wette! Sie waren überglücklich! Ihre Familie war endlich komplett!

Sieben Tage später, holte Cody, Stacy und die Zwillinge nach Hause. Er hatte das Kinderzimmer hergerichtet und Stacys Eltern warteten ungeduldig, auf ihr eintreffen. „Leon, sie kommen!" Francis zupfte aufgeregt am Ärmel ihres Gatten. „Ja, ja, das seh ich doch. Herrgott noch mal, bleib doch mal ruhig!", ermahnte der ebenfalls aufgeregte Opa, der es kaum abwarten, konnte seine Prinzessin in die Arme zu schließen. Francis und Leon gingen der jungen Familie entgegen. Leon drückte seine Tochter ganz fest an sich und sprach mit Tränen in den Augen: „Hallo Liebes, ich bin so froh, dass es dir gut geht! Ich bin unglaublich stolz auf dich! Geht es dir auch wirklich gut?" „Papi, mir geht es gut, wirklich!, schau dir deine

Enkelkinder an" ... , sie deutete zu ihnen. Leon ließ von seiner Tochter ab, er nahm ein Babysafe und trug ihn ins Haus. Francis kam mit ihrer Tochter, dem Schwiegersohn und dem zweiten Enkelchen hinterher. Der stolze Opa, hatte seine Enkelin vor sich auf dem Tisch stehen und unterhielt sich mit ihr. Er wusste nicht, ob er Stefanie oder Christian, vor sich hatte, aber das war ihm egal!, sie sahen eh, beide gleich aus. Francis und Leon, boten an, eine Weile bei ihnen einzuziehen, bis Stacy, soweit war, mit den Zwillingen alleine klar zu kommen.

3 Jahre später

Christian und Stefanie waren ein Herz und eine Seele! Man merkte den Zwillingen an, dass sie sehr geliebt wurden. Die Großeltern vergötterten sie und ihre Eltern, ließen sie an jedem Tag spüren, dass sie das wichtigste in ihrem Leben waren. Christian spielte sich stets als Stefanies Beschützer auf. Wenn im Kindergarten ein anderes Kind kam und Stefanie ärgerte, kam Christian sofort angelaufen und verteidigte sie. Wenn sie weinte, weinte er, wenn sie lachte, lachte er und umgekehrt war es ebenso. Sie waren eindeutig und hundertprozentig miteinander verbunden.

Cody las seiner Frau weiterhin jeden Wunsch von den Augen ab! Er liebte sie an jedem Tag, an dem er sie kannte, mehr! Die Verbundenheit, die sie von Anfang an hatten, wurde mit jedem Tag stärker! Sie vertrauten sich blind und wussten den Partner genaustens zu nehmen. Stacy saß verträumt auf dem Sofa, sie sah Cody von der Seite an und musterte ihn ausgiebig. Die Kinder schliefen tief und fest. Cody wandte sich ihr zu, er lächelte sie herzlich an und fragte: „Was geht dir durch deinen süßen Kopf, mein Liebling?" Sie stand auf, ging um das Sofa herum und kniete sich vor ihn. „Cody Grell, du bist die Liebe meines Lebens, der Vater meiner Kinder und mein bester Freund! Was ich für dich empfinde, kann ich mit Worten überhaupt nicht ausdrücken! Würdest du mir die Ehre erweisen und mich heiraten?" Cody strahlte!, ihm wurde bewusst, dass die kirchliche Trauung noch bevorstand. „Mein Engel! Du bist alles, was ich mir in meinem Leben erträumt habe! Du bist unglaublich heiß, sexy, schlau, die tollste Mutter der Welt und affengeil! Ich wäre der größte Narr der Welt, wenn ich dich nicht von der Stelle wegheirate!" Er zog sie zu sich hoch, sie küssten sich leidenschaftlich. „War das ein Ja?", fragte sie nach, „Ja! Das war es! Ich will dich noch einmal heiraten!" Er nahm seine Frau auf seine Arme und trug sie ins Schlafzimmer. Da zog er sie Splitterfaser nackt aus und sich ebenso. Er küsste sie zärtlich am ganzen Körper und sagte: „Ich werde dir jetzt zeigen, wie sehr ich dich Liebe und wie sehr ich dich heiraten will!" Stacy drehte ihn auf den Rücken und hielt seine Hände fest. „Nein mein Lieber, im Bett bin ich der Chef! Ich zeige dir, wie sehr du willst, dass du mich heiratest." Sie setzte sich auf ihn und machte ihn so heiß, dass er es kaum noch aushalten konnte! Dann endlich ließ sie ihn, in sich eindringen. Sie liebten sich mit jeder Phase ihres Körpers und genossen weiterhin zahlreiche Explosionen ihrer Begierde miteinander. ...

Ende!